내 사랑은 그래

내 사랑은 그래

지역문학총서 46

초판 1쇄 발행 2025년 12월 16일

지은이 구자순
펴낸이 강수걸
편집 강나래 오해은 이선화 이소영 이혜정 유정의 한수예
디자인 권문경 조은비
펴낸곳 산지니
등록 2005년 2월 7일 제333-3370000251002005000001호
주소 부산시 해운대구 수영강변대로 140 BCC 626호
전화 051-504-7070 | 팩스 051-507-7543
홈페이지 www.sanzinibook.com
전자우편 sanzini@sanzinibook.com
블로그 http://sanzinibook.tistory.com

©구자순
ISBN 979-11-6861-548-9 03810

산지니시인선 027

내 사랑은 그래

구자순 시집

산지니

시인의 말 하나

호리병 속에서
나는 기다린다
끝내 기다린다

차례

제1부

고치잠

내외는 싸워도 한 방에서 자야 한다
한 이불 덮고 같은 베개 베고
말이 발목을 감아
원앙 수십 마리 파닥거리는
이불에 긴 베개 깐다
추워서 깨어 보면
남편은 둘둘 말아 고치잠
나는 맨 땅에 새우잠
맨날 내일에는 하지만
새벽은 젖고
베개는 춥고
시작하면 두 시간 아이 울음 탓인지
각방살이 내림인지
어머님 창원 가시면
남편은 잠자리 옮겨가
나는 아이 재우고
귀에 문풍지 달고

남강 들어서다

없을 거면 아예 없던지
촌살림에 싹싹 긁으니 대학등록금 반
나머지는 큰아한테 가가꼬 보태라 케라
서울대면 몰라도 그기 학교가 빈정을 옇어
진탕 놀고 대학 꿈 접었다
농사지으면서
농사꾼이 봉인 세상 말고 근본인 세상 살자 해도
고개가 자꾸 돌아가
얇게 웃어
달포 마음에 박히더니
이파리 내고 줄기 내었다
태풍이 올라온 암남동 물막이 거닌 게 전부였다
영화도 찻집도 없이
좋다 살자 없이
완행버스를 탔다
등을 펴게 해주고 싶었다
엄마 눈에
눈물 쏟게 하고 들어섰다 성당마을

성당고개

쇳소리 카랑카랑 등 말아 콕콕 쪼아대도 속엣불 자지를 않아 호미 던져두고 넘어가는 고개 그 너머 고파 보였겠지 얼굴 보이기만 하면 짬뽕 한 그릇 시키주까 경자 언니 선걸음에 국물까지 다 마시고는 뒤도 안 보고 넘어오는 사십 분

해거름 김장밭 땀 발발
불은 젖 울음 흐르고
축대 높은 고함
밥내 늦은 걸음 때린다

경칩

다들 성이 말라서
손톱 하면 톱이 바닥에 닿기 전에
깎기 찾아 대령해야 한다
생각은 얼어붙고
손발은 벽장 서랍 뒤진다

인영이 밑으로 딸딸딸 속에 솎아낸 울음 있고
인영이도 부어
눈두덩
보리 문디 같다

생기는 대로 다 낳아 어쩌겠다고
정신이 나갔냐
나 혼자 만들었는지

11월 바람이 남강 건너 생일도 없는 방에 불어
허리 수그러지더니
꼬리뼈가 자란다

그녀
네 발로 운다

니가

촌에 딱이다 해서 내 안에 대단한 게 있는 줄 알았
다 빛과 소금같이 불쏘시개처럼 비 새는 판잣집 오
손도손하는
궁금해졌다 저물녘은 발자국 소리로 모를 키우고
있었다 맞춤이었다

부산에서 마산 다시 성당 마을까지 하루 두 번 들
고나는 완행버스 주말마다 타고 밥하는 거 빨래하는
거 모 심는 거 콩 타작 배웠다 수첩 뜯어 방 부엌 마
루 네모 칸 지르고 동리 일꾼 보루꾸 쌓을 때 방이 와
이리 크노 오떤 쌍놈이 집 안에 변소를 넣는다 말이
고 소주 홀짝여 어정쩡 앉던 스물 평 밥 지었다

니 같은 딸년 꼭 둘은 하시던 아부지 옴마 등에 지
고 뻘구데기 동네 치마 움켜잡고 까치발 했다 방아
찧고 마구 치고 비탈밭 멍에 매고 강에 이불 빨래 일
이 늘지 않아 왜 나였느냐 물었다
밥 먹을 때 촌스럽더라고 탈탈 털지 않고 잘 먹더

라고
　그런 날
　툇마루 기댄 달은 비 샌 벽지였다

말이란

말이란 눈을 보면서 하는 거지
이름을 부르면 등을 돌려야지
눈을 마주치면서
힘든 살이 오늘 하루도 고생했다
니 덕에 내 산다 등 두드려 줘야지
그게 맞는 건데
우리 집 남자 등은 바위야
불러도 아무리 두드려도 돌아보지를 않아

어머님은 할 말은 꼭 하시던데
날아다니는 밥상에도
구석구석 사발 조각 꼼꼼히 치우시다가도
고개 살짝 돌려 먼 산 아마 15도
투두둑 투두둑 말 내뱉으시고
빨간 바가지 내동댕이치시던데
벽이 알아들으시더라고

알아먹는 소리에는

각도가 있고
크기가 있는 것 같아

한 이불에도 있는 자리

리모컨 꾹꾹대며 돌아눕는
텔레비전 앞은 그의 자리
아버지 어머니께 상처 입히고
찾아간 그 곁 내 자리

닿고 싶어 건네던 발목 탁 쳐
부르지도 않았는데
멋대로 발모가지가
이후론
내밀지 않았다

아이 낳은 몸이 돌아오고도
열 달 찾지 않다가
무슨 바람이 부는
그런 밤엔
손목이 건너와
자기 자리로 끌어 올린다

건너가는 자리는 새로운 일터
수를 세고
리듬을 타고
눈은 듣고 귀는 보고
아침 밥상이 나뒹굴지 않으려면
신호가 올 때까지
쉴 수가 없다

돌개바람

그 나물에 그 밥이라 했다
아버님 싸우고 집 나가 쉼터에 주무시고
어른이 안 들어오셨는데 처자빠져 잔다고
어머님은
닭 울기 전부터 방문 앞에서 꽁창꽁창
우리 집 남자는
아침상 반찬타박 딱 맞는 말이라서

손찌검 오고 가고 하나 둘 셋
주먹 오고 코
피 쏟으며 엎어지던 등
위로 발길질
그렇게 왔다

허연 낯빛으로 불었다
책상 옷장 비디오 오디오 텔레비전 치고
그릇장 냉장고 치고
전기세 아깝다고 쓰지도 못하게 하던 세탁기 치고

슥 일어나더니
창문 창창 하나 둘
유리 문문 서이 너이

신혼사진까지 휘감아 올려 땅에 때기를 쳤다
붙들다가는 말려 올라가
어느 논구렁에 처박힐지도 모르는 바람

우는 아이 품에 안고
쳐다보고 있었다
지나가지 못하게 차 열쇠 쥐고
부은 코
피 닦으며 서 있었다

콩깍지

엉망으로 놀았다는 말이
엉망으로 살지 않겠다로 들리고
헤어지는 밤이 싫어
혼인했다
한 달에 스무 날 한뎃잠
사람 사업 바빠 몸 축나지 않을까
걱정되고
밥 안 먹었어 지나가는 말에도
한밤중 방아 찧어 더운 밥상 차렸다
늦게 든 잠 깨울까
첫 닭 울 때
아이 업고 대밭 오르내렸다
같이 있다는 사람에게서 찾는 전화가 오고
있지도 않은 행사에 참석한다
동구 밖에서
방문 안으로
마중 길이 짧아졌다

기다려도 오지 않아
말하기 싫어
한 달을 안 했다
잘못해도 안 했다

새 며느리

혼인은 내 자리가 생기는 거다 떠다니는 나를 가라 앉히겠지 의심하지 않았다 들어가서야 사이 자리에 끼어 발 뻗는 일이구나 알게 된다 고방이 어딘지 잠뱅이가 뭔지 알지도 못하는 말에 후닥후닥 본동 띠기 딸이라는데 눈웃음 콧등을 치는데 지들끼리 이야기에 끼어들 수 없다 비설겆이 끝낸 어머님 나를 불러 이불 꿰맨다 땀방땀방 비가 잦았다 한 땀 며느리와 나란히 했던 회복간 바늘귀에 꿰어 나오고 또 한 땀 막둥이 젖동냥이 목에 가시로 벡혀 나오고 뜸벙땀 땀내 나는 젖더랑이 단숨에 빨아대는 네 살짜리 나오고 따암땀 동리 소문도 지나간 여자도 순서대로 나온다 네 살 우 진료소 여소장 꼬신 날부터 떠나간 병원까지 차암땀 꼼꼼하게 나온다

메모 쪼가리 쪼구려 읽다가 찾는 봉투 소인 날짜가 눈에 들어오기 전까지는 연애하듯 비 내린다

만 발

감꽃이 전부라서
봄조차도 늦던 남강 가 성당마을
여자는 멍에를 메고
시아베는 고삐 잡고
이랴 좌라 쫓으며
비틀배틀
납닥 밭 갈지
4월 바람 휘몰아
갈지자 걷고
쎄 길이 쏙 빠져도 반 뼘
한 발은 여덟 뼘 반
저 멀리 끄트머리 보이는데
쎄가 만 발이나 빠지려면
얼마나 더 가야 할까

디스크

등 말아 새우잠
허리 터진다
수핵이 기어가다 노랗게 익는다
다리 위에서는
새끼달이 세 개나
부푼다
팡팡
불꽃놀이를 한다
발 끌고 김장밭
서 앉지도 못하는 허리
배추벌레가 갉아 먹는다

달 똥 내리는 툇마루
돌아앉은 집
때가리 누가 훔쳐 갈까봐
올빼미 눈을 뜬다

돈 봉투로 보여요

터진 허리는 오른쪽 다리를 지나 발등에 도착했다 마비다 맵다 발가락 앞은 낭떠러지 계약금 백은 있어야 입원 가능한데 월급 미리 쓴 거 갚고 나면 마이너스통장 꽉 차고 엄마아버지한테 이백 빌리고 아프다 말하지 않는다 남편에겐 오백 구해 달라 수술해야 한다 내편일까 돈이 오데 있노 예감은 틀리지 않아 팡팡 터지는 다리를 끌고 수술 전날까지 일을 한다 소문은 빨갛다 만 원짜리 오만 원짜리로 피어난다 수술비 얇아져도 턱이 없어 병문안 오는 사람들 얼굴보다 봉투가 먼저 보인다 갚을 일이 겁이 나 고개도 못 돌린다 남 편은 수술 닷새 만에 빈손으로 와서 십 분 있다 구두 사서 집 간다 오래 전에 들어낸 고막 안쪽까지 공기가 눌러 차는지 천장 뚜벅뚜벅

찔레꽃

백 가지가 있다 치고 그중에 한 가지라도 해준 게
있으면 말해봐라

하우스 돈 해서 혼자 다 쓰고 다녀도 무겁다 내놓
는 동전들 모아 지폐 만들어 니 호주머니에 넣어주
던 그게 내 사랑이었다 얼마나 쉬운 여자고 징경징
경 밟아도 언젠가 돌아보겠지 니 등만 바라본 세월
이 또 얼마고 니는 끝까지 니밖에 없더라 손톱만큼
이라도 더 나갈까 벌벌 떨더라 딸은 엄마를 배우지
만 아들은 커가니까 목욕탕 가는 것부터가 문제데
씨만 뿌리면 아가 되나 남의 집 아빠한테 부탁하고
주변에 좋은 아빠 소문 있으면 그 집에 아를 붙인 거
니 알기나 하나 봐야 배우제 촌에 들어온 기 그렇게
죽을죄가 니 사는 거 맘에 안 들어 아버님 툭하모 밥
상 던지고 툭하모 내 집이다 나가라 하고 나중엔 니
한테 콩고물 떨어질까 제대로 살기가 싫더라 그래서
그랬다 나도 꽃이다 앞으로 절대 내 몸에 손대지 마
라 했다 씨 하면서 떨어져 나가데 그리고는 살뜰히
부릴 텐데 하우스 일하러 가자 소리도 안하고 밥 달

라 소리도 안하고 바람이 하우스 말아 올릴 때 떠들썩거리는 흙 급하게 덮으며 내가 뭔 말이나 했을까 화를 내며 올라가라 하데 성질나서 올라왔지 나중에 사람들이 찾았다 하더마 코빼기도 못 봤다고 니가 말해 비닐 펄럭거리는데 내다보지 않는다고 온 동리 소문바람 치더라 니는 니대로 내는 내대로 그리 살자 싶었다 더 이상은 내가 불쌍해서 안 되겠더라

아장까리*

물내 흙내 덕지 꺼칠 감고 할퀴고
모지리 모지리 쿡쿡 안 살 수도 없고
천불 만불 끄는 데는 술이 최고고
홀짝홀짝 하다 보면
대거리 배짱도 생기고
니가 니가 하면서 아나 쥑이라 하고
빨개 벗겨 동네 마당 끌고 나가고
패대기치고
손발로 때리고
우두둑 우두둑 뜯고
돼지 멱은 몇 번이나 땄을까

동네 술집 앉아서는
아를 챙기나 밥을 챙기나
머리는 까막집 까악까악
아이구 내 신세 찰지게 씹고
맨발로 쫓아내 놓고
골목 구멍 안 보이모 훑어 다니고

물 한 방울 주면 찾아가 배배 꼬고
뜯어말리면
붙어먹었다고
칭칭

우리 남자

온 지 얼마나 됐다고 대산 돌 다방 김양
불쌍해서 못 보겠다네요
아부지 병원비 동생 학비에 신세 조졌다고
오빠 노릇에 바빠요
언제부터 누이라고

한밤중에도 달려가요
수도만 고칠까요
거시기도 고치고
청소하고
문단속하고
수박 돈도 가겠죠
그러고도 남은 마음
남지 유채 나들이 가요

봄 없이 하우스 골을
땅강아지처럼 구르는
우리는요

삼 년째 깜빡이는 우리 마루 형광등은요

마누라는
환삼덩굴 풀밭이랍니다
발 밀어 넣으면
발목에 붉은 줄 죽죽 그어진다고

처음부터 그러진 않았어요
환삼도 어린잎은
얼마나 부드러운데요

고아볼까

솥 달군다 참기름 들기름 둘러
반들반들 볼테기 술살 뱃살
한목에 넣고
무쇠 뚜껑 닫으면 타다닥타다닥

어른 밥상 댓돌 네 개 내려오면
하루가 끝나
웃목에 상 밀쳐두고
이불을 깐다

성냥팔이 소녀 한 개피 사랑 쬐고 호리병 도깨비
아무나 내 좀 꺼내주라 하다가 내 꺼내기만 해봐라
하고 선녀 날개옷 셋 낳고 주라는데 그 셋이 숫자인
지 무게인지 고개 갸우뚱 아프고 아이들 머리에 잠
내리면 국그릇에 몰래 따라놨던 소주 홀짝

새벽은 왜 이리 빠를까

닭울음 들린다 종종 걸음친다 밥상 차려 올린다 내
린다 너거 보고 누가 들오라더노 내 집이다 나가라
니 손에 밥 안 얻어 묵는다 아이들 손 꼭 쥔다 밥상이
난다 깨진 그릇이 마구 찌른다 하우스도 덜썩 미나
리들 비닐 날았다 남의 배 얻어 타고 삽 떠들썩거리
는 흙 덮다 보면 해는 뉘엇

뼈가 고이다가
물이 졸아들다가
따닥따닥
검은 땀이 벽을 타
창틀 터진다

내 사랑은 그래

꼼짝 않고 누워 있으면 괜찮아져
등이 배기고 뜨거워지지만
조금만 더 참으면
어깨가 허벅지가 바닥에 내려설 때
숨을 쉬어도 아프지만
가만히 있으면

다 지나가

고열이 지나간 꼬리뼈 새까맣게 탄다
터진다
진물이 마른다
더께, 타들어 가는 신호다
만져도 묻어나는 건 없다

살을 녹이고
뼈를 갈아
굴이 생기는 동안

안으로 기어들던 너를

나는 모른다

담쟁이덩굴

　당신 친구 전화 아무래도 탈났다 병원 신경 좀 써라 단식에 당뇨로 살 빠졌겠지 짐작에도 얼굴은 화끈하더라 병원 가자니까 따라나서 오마나 내 말을 이렇게 잘 듣는 사람이었나 암이 뺨을 후려치데 속 짐작은 했다고 그게 말이 되나 당뇨약 타러 내과 다녔다 아이가 속이 안 좋으면 한 번이라도 내시경 했어야지 소화 안 되고 살 빠지고 위콜 달고 사는 건 봤지 속 쓰림 구역질 소화불량 복부팽만 오심 구토 흉통에 복합 위장약 통도 보이더마 안 좋나 물어도 대답이 없고 곁눈으로 슬쩍 보기라도 하면 째려보고 아이고 싶어 모른 척 했디라 일어날 일이면 언젠가 일어나겠지 설마 그때는 말하겠지 그래도 이거는 아이다 내 눈에 니만 보이던 시간이 있었다 선택했으니 살아 내어야지 꾹꾹 한 발 한 발 기어올랐지 상처는 차곡차곡 벽이 되었어 두터웠는데 암이라니까 무너지더라 니한테로 가려고 나서는데 또 벽 니도 나만큼 원한이 쌓였던가 봐 그래도 작은 병도 아니고 힘을 합해도 모자랄 판에 어찌 그리 얼라 같던고 8시

간 거기다 밤 수술인데 잠자지 못하게 깨우라니 기
침 시키라니 잠들려면 깨우고 기침 하이소 잠들려면
깨우고 기침 하이소 병원에서 그랍니더 시계는 멈
춰 가지도 않고 벌건 화에 눈 칼 마지막 15분은 아예
지워 버렸지 그게 원한에 보태진 걸까 더 이상 니 말
은 안 듣겠다 결심한 사람처럼 말말에 대놓고 거꾸
로 하고 엇박자로 걷고 째려보고 곁을 지키는 게 얼
마나 힘이 들던지 아버님 술병 나서 어머님 평생 각
방 접고 맨날 지청구에도 발치에 이불을 깔 때 나는
절대 안 그래야지 아무 걱정 말고 내만 믿어라 내가
다 낫게 해주께 뭐든 다 해 주고 싶더라 병원 문 나설
때 다리가 휘청거려 놀랐던지 병문안 족족 회복에는
개고기다 말말 때문인지 퇴원안내문 빨간 밑줄에도
혼자 창녕장에 가서 큰 솥 사 걸고 때마다 불 앞에서
헐떡헐떡 수술하고 한 달도 안 지났는데 덤핑도 생
길 텐데 숨어 있는 암세포도 겁이 나는데 안 된다 하
면 동리 친구 골방에서 먹고 마시고 피우고 잘 먹지
도 않던 생 거까지 찾아가서 먹어 더 이상은 살고 싶

지 않아 그러는가 미웠는데 어쩜 너도 그게 살 방법
이라 아니면 무서워서 그랬을 수도 있겠다 싶다 내
가 덜 미워했더라면 이렇게 두 손 놓고 당하지 않았
을 텐데

사막골

관계자 외 접근하지 마시오
똥내 살을 파고 들앉았다
씻어도 벗겨지지 않는다
돼지막 형광등 게슴츠레하다
어미 분양 받아 허연 새끼들
입에 짬밥 들어가고
새끼는 새끼를 치고
흥얼거리던 냄새
술에서 노름으로 다 날리고
골에 붙박이 품 팔러 들어와서
똥에 묻혀 바깥에 가본 지가 언젠가 싶은데
남편은 자꾸 바깥문 쪽으로만 간다

큰비에는 물골
앞강이 달려오고 산이 꿀꿀거려
이 인간 나타나지 않아
전화통 마신다
제초제 뚜껑 딴다

이래도
이래도

제2부

아까시

끼때 갓 지은 냄비 밥만 드셔예 가리 내도 전기 내도 싫다십니더 살강에 달아둔 푸르딩딩 돼지고기에 고춧가루 마늘 간장 넣은 벌건 국만 드시고예 냄새 날 것 같아도 파 양파 들어가면 파들파들 하십니더 반찬 두 가지 넘으모 밥상이 들썩하지예 여름 긴 해는 솟기 전에 겨울 짧은 해는 지기 전에 밥 드셔야 하고예 전깃불 밑에 저녁 상 차리모 때 모른다꼬 넘의 배 얻어 타고 급하게 오르는 성당제 앞 꼭지에 고함 퍼부으시고예 그럴 때는 집이 높은께 동네가 다 일어났다 앉습니더 흙신 신고 아 받아 업고 후다닥 밥상이 댓돌 올라갔다 내려와야 하루가 끝나예

툇마루에 댓병소주 쇠죽 끓이러 가시면서 홀짝 뒷간 다녀오시면서 홀짝 소금 탁 털어 넣지예 그 덕에 새앙쥐도 머그컵 한 잔 논에 물대는 것도 남 먼저 들에 내는 밥 다른 집보다 늦으모 난리가 나지예 일 귀신은 잠 귀신 두고 못 봐예 욕 날고예 상 뛰고예 초상에도 마른 장마더라꼬예 눈물도 갈라져 꿈 속 파고 들더마 가시로 찔러대네예

49

핏줄

아버님 남자를 낳고 남자는 딸을 낳았다

타작도 남 먼저야 아버님
좋은 날 없이 지르고 쳐들고 내동댕이
등만 가지고 들어오는 남자
눈은 텔레비전에 귀는 뒷골 바람에 붙들리고
엄지발가락이 닮은 딸
머리카락도 찡찡

소를 사랑하는 아버님 정성으로 쇠죽 끓인다
대목에만 목욕 치르고
얼굴 두 번 손 털고 목 한 번 훔치는 세수
풀 다린 모시 적삼 입고
새 자전거 타고
집 나선다
돌아오는 길은 취해 있고
가끔 길에 쓰러져 업혀 오곤 한다
횟집 여자가 떠났다

몸 열심히 씻고 제 옷 다림질하지만
바지에 주름은 세우지 않는 남자
개는 사랑하지만
개밥은 챙기지 않고
돌아오는 길을 잃어버리기도 한다
제 몸은 깨끗이 씻고
처박아 구겨진 옷도 군말 없이 입지만
옷 색깔이 어울리지 않으면
참지 못하는 딸은
소도 개도 좋아하지 않고 쇠죽도 개밥도 챙기지 않
는다
길을 나서도
저녁이면 꼬박 집에 돌아온다

셋 다 붉다

잠복기

일터 간다고 나가
공원에 앉아 있던 사십 줄 아버지
버스 타고
눈망울 망울
흰창 드러내고 주저앉던
산청 갔다
팔십 줄에 걸음 꼬여
땅에 떼기를 치고
이마 열댓 발 깁고
눈 안 온통 늙은 개나리밭
떠듬떠듬 와 이리 누렇노
밥도 소변 발도 떠듬
열 안 나고 뜨거웠다
집에 가야 한다 입원은 못 한다
집 가까운 통합병동 첫날 밤
눈이 안 보이는데 화장실은 어떻게 하셨을까
마음 뗄 틈 없이
떼룽 떼룽

육십 년 전에 떠내려간 지수면소 출근해야 한다고
늦었다 떠듬떠듬 허둥허둔
그렇게 시작되었다
집을 잃어버려
영영 찾지를 못해

마른장마 백 날

 가고 석 달 열흘 꿈에 한번 안 나타나더마 무신 바람이 불었는지 잠에 찾아와서 입을 달싹달싹 뭐라꼬 뭐라꼬 카다가 눈을 떴는데 얼굴이 안 편한 기 거서도 심장 상할 일이 있는지 가시가 잠자리를 불편케 하는지 멧돼지가 뒹굴었는지 아니면 꼴을 못 본다고 인정머리 없다고 카는 겐지 올라보이 잔디도 성질대로 말라 있고 건네 언덕배기 마늘밭 일 안 한다고 고래고함 지를 거 같고 하늘은 잔뜩 찌푸린 기 뭐라도 올 거 같은데 초상에 우찌 그리 눈물도 한 방울 안 나오꼬 싶더마 아이고 이기 머꼬 아이고

 열여덟에 머리 얹고 일 년 묵혀서 시집에 들고 보이 산골째기 살림이나 물가 살림이나 우찌 그리 매한가지로 춥던고 꼬박꼬박 졸면서 낳은 아가 열하나 뭐가 있어야 멕이제 모 심으모 물이 잡아가고 안 그라모 가물어 배배 타고 아아들은 홍진 걸려 메가리 툭툭 떨어지는데 에고 새끼 눈발 날리네 건지볼끼라꼬 밤새 불덩이를 약방이 오데 있더노 함안 걸매산 여의사한테 엄니 앞서고 내 뒤서 따라가다 등에서

죽은 아가 다섯 하나는 다 키았는데 강에서 멱 감다 이자 삐고 휴 살아 있는 아 다섯은 광주리에 담아 실경에 올려 건졌제 오죽했으모 이름에도 광자 돌림했것노 새끼 눈발 크지는 거 보레이

엄니는 일 바쁘다꼬 친정아베 초상에도 안 보내 주고 눈 빠지게 기다리다 얼굴 한번 볼끼라꼬 그 먼 길을 땀을 바가치 바가치 흘리감서 오던 울 오메 적삼이 달라붙어 적곡 먼당에서 벗어 젖더랑 밑에 끼고 왔는데 베를 친정에 빼돌린다꼬 난리난리 겸상에 조기 한 마리 울 어메 젓가락질에 눈 따라가다 얼른 상 밑으로 감추고 친정붙이 뭐라도 뜯어가는가 벌벌 에고 눈 싸락거리네

등 돌리고 자모 눈이 자연히 밖으로 향한다더마 누운 한 발이 우찌 그리 멀던고 원캉 아부님이 마실 간다 머라캐서 동리는 나가봤겄나 온젠가 엄니가 동네 회치에 낼 보고 가라쿠는데 니 가모 내 안 간다꼬 채리고 나서다가도 벗어 드러누워 하기사 여편네는 법으로 만내서 조상 제사나 지내고 부모 모시고 쥑일

일이나 하는 사람이제 몰라 새벽에 쑤는 쇠죽은 모자랄까 벌벌 떨더마 울컥울컥 내린다

오떤 여편네가 시앗 곱게 보것는교 내 그래가 주둥이 새빨간 그녁이 일하던 횟집에 가서 멱살 잡고 식칼 갖다 댔다 아인교 정을 묵어 그라는지 참말로 당당하더마 울울꺽꺽 펑펑 내한테만 정월 바람 아파 누워 있어도 물 한 모금 얻어 묵끼가 힘들고 열이 펄펄 끓어도 소마구 안 치운다꼬 소리소리 독하기는 독새 같애서 이노무 팔자 말썽이 워낙 험한께 바람새는 싸릿대도 울이지 생각하고 맴을 싹 비아도 피멍은 안 가시더마

염병할 인사 거가 오데라꼬 달다 씁다 말 한마디 없이 간단 말고 그래도 내한테 미안타 고맙다 한마디는 하고 가야제 이리 가는 기 오데 있노 인자는 다 텄다 이제 오데서 그 소리를 들어보것노 끝까지 내를 아이고 눈이 온제 이리 덮었노

열흘씩 도셨다

　고아라 소리 방문 튀어나오면 남강에 그물 친다 가마솥 씻어 참기름 타다닥타닥 뽀얀 국물 몸속 물꼬 도랑을 타고 성당 나루 줄배 건너 함안 미나리들 우아래 훑는다 배에 힘주고 파다닥파닥 뛴다 무논에 고함 찰랑댄다 소주비 내린다 뽀뽀한 몸에 종지 붓는다 새벽빛에 쇠죽 끓인다 그리 살면 쪽박 찬다 안들이 칠칠치 못해 밖으로만 돈다 나가라 니 손에 밥 안 먹는다 곡기 입에 대지 않고 술 받아오라 하늘 주먹질 대병 소주 박스 떼기로 이고 와서 속말하며 마루에 탕 놓는다 손가락 들 힘도 다 쏟고 잠 베고 누우면 쇠울음에도 꿈쩍 않고 방에 묻힌다

　가물치 문 여신다

야곱

팔 덩실흔들 손바닥 얼굴을 때리고
꼬쟁카리 손가락 코를 쑤시고
휴지 던져놓아도 잡지 못해
입 안 가득 채우고도
턱이고 이불이고 가래 밭이다
가래는 왜 태어날 때부터 뱉는 거라고 배웠을까
연습을 해도 잘 삼켜지지 않는데
아버지
삼키면 안 돼요?
박 서방 암이라서 인제 전 못 와요
험한 꿈길 제주도 갔다가 거제도 갔다가 김해 진영
도 갔다가
공항에 내리는데
아무도 없고
어디로 가야 할지도 모르겠고
순아 나는 참말로 무섭다
약속 이행을 요구하며 조목조목 줄을 세운다
아버지가 아프고

서방이 아프더니
드디어 정신이 나갔구나
너를 믿을 수가 없다
왜 이랬다저랬다 하느냐
경찰에 고발해서 판사 앞에 앉혀야 한다
주치의 만나
딸년이 미쳤다
어쩌면 좋겠냐 하신다

좆이 꼴린다

성당에서 시집올 때만 해도 뻘꾸디기 쇠상놈의 동
네에서 왔다고 우찌 그런 혼인을 구경한다꼬 난리였
제 시집살이는 깊어가는데 십년 넘어도 얼라가 업슨
께 작은댁 들이라고 입방아 몰라도 몇백 섬은 찧었
을 거로 그래도 고개 한번 안 돌리던 양반이었제 얼
마나 따신 사람인데 그라고는 줄줄이 아들딸 하늘을
다 얻은 거 같더마 아무래도 내가 전생에 큰 죄를 지
은 기라 늘그막에 그 얌전하던 양반이 치마만 둘렀
다 하모 따라다님서 좆이 꼴린다네 한번 만져보자
한번 안아보자 한번 대보자 빠구리 한번 치자 아이
고 그런 말은 오데서 배아실꼬 남사시러버 입을 닫
것는데 험한 꼴 당할까봐 간이 조마좁쌀항께 목소리
만 커지고 손 작은 며늘아기 눈을 비켜 떠 다른 말은
태어날 때부터 알지도 못하는 사람멩키로 온종일 닫
힌 문 앞에서 빠꾸리빠구리 와 그라꼬 와 눈앞에 마
눌을 못 알아보고 오데서 흘린 사람멘치로 헤맬꼬
말이다 말은 글싸도 남사시러븐 일을 할 사람은 아
이라 올매나 점잔은 양반인데

들어선 눈빛 멍하고 영양제 쏟아 부어도 서지도 않는 그 밤톨만 한 걸 갖고 보챌 때는 잘난 그거 하나 못 대주나 싶어져

장마비

나를 사랑하신다 나를 사랑하신다
우당탕 탕탕 창밖에 내리꽂힌다
이런 꼴 보려고 니를 키운 줄 아나
언제 나를 낳아 달라 했나
꼬리 물고 세차게 내린다
설흔 청상 입에 달고
바람살에도 상처가 난다
원하는 게 있으면 특히 아픈 엄마
아무 데도 보이지 않아
뛰어간 요양원
양포 둑에서 찾았다는데
물이 마알간 기 무서버서 못 죽겠더라
죽어야 니가 편할낀데 하신다
집에 담겨 있으면 가스불 겁 나고
문을 나서면
비밀번호 누설하신다
되오지도 못하면서
니하고 살모 안 되것나 하신다

맡기고
돌아오는 창밖 따르릉거린다

괄약근

해가 뜨기 전에 자리에서 일어나 이불을 개키고 입 안 소금으로 헹구고 가래를 뱉고 얼굴을 씻고 아버지는 마당을 쓸었습니다 순아 옥아 강아 하고 부릅니다 큰아들 오빠는 부르지 않습니다 순이는 일어나 빗자루로 문 앞을 쓸고 물걸레질을 하고 잠잠한 방을 보고 입이 불퉁합니다

앞산이 잠겼습니다 둥근 해는 자리에서 일어나지 못합니다 대야에 물을 떠 와 얼굴을 닦아드리고 성근 머리카락 빗겨드리고 깨지 않는 자존심도 씻겨드립니다 부르지 않아도 팔이 깨어나 발동을 겁니다 지멋대로 놉니다 밥은 꿀떡꿀떡 사레 벌건 기침 얼굴에 피고 목을 타고 넘어가 대장으로 항문으로 차곡차곡 채입니다 삼일에 한 번씩 손가락으로 파냅니다 입구를 열면 똥들이 밀고 나옵니다

낯선 여자가 얼렁거리는 거 싫어하셔서 제가 곁에 있습니다 빚이 많으니 갚는 게 맞지요 제 일입니다

와 그리 우악스럽노 여자 손이

죄송합니다 사는 게 그래서

안개

자북하게 밀려와
궁둥이라도 붙일라치면
달겨드는

머리 위에 씌운 큰 종
아버님
당 당 당 당
어머님 온종일
작은 종
당당 당당 당당 당당
혼쭐 빠진
젖
빨아
두 시간씩 우는 대밭
응애응애
소마구
우 엉 우 엉

계자야 굿세게 살아라

너거 할아버지 상객으로 탈 만나 덜컥 돌아가시고 할메도 원캉 몸이 약해 일곱 살 그 어린 거 옴마 가신다 부르는 소리에 그라모 인자 나는 누가 업어주나 막둥이 두고 어찌 눈을 감았을꼬 험한 세월이 겉을 키았어도 속에는 바람이 들이치던가 대반 앉은 형수님들 그리 숭을 보데 부모 없은께 이리 시피 보는가 내라도 편 묵어야제 혼인을 했는데 부모는 가려주기라도 하제 편하게 등 눕힐 데가 없고 입에 드는 밥알도 서고 뱃속에 아 들 때 된장에 박힌 고추가 우찌 그리 묵고 싶던고 몇 개 꺼내 먹고 어른 반찬 건드렸다 눈물 쏙 빠지게 타박지던 시집살이 그래도 우찌우찌 살아 너거 아부지 내가 말하는 거는 팥으로 메주를 쑨다 해도 잘한다 잘한다 했더라 안밖으로 먼지 하나까지도 털어 주고 자기 사람이라고 딱 오다가지고 부엌칼도 시퍼렇게 갈아줘 내는 살림이 우찌 돌아가는 건지 하나도 모르고 살았더라 주는 대로 쓰고 필요하다 말하모 빚을 내서라도 아나 써라 하지 시다 떫다 말하는 벱이 없은께 무섭고 무뚝뚝해 보이도 살가운 구석이 드문드문했고 얼마나 야문지 빳빳한 만 원짜리 한 장 품에 지니모 너덜해질 때까지 엔간해서는 나오지를 않아 가계부 써놨던 거 함 봐라 올매나 꼭닥시러뵀는지 그런 사람도 눈에 뭐가 씔 때가 있는지 도시계획계 직원인데 딱 공무원밖에 할 게 없는 사주라는데 브로크 공장이 허파에 붙어 귀도 눈도 먹은 사람처럼 고집을 피우데 안 그랬더라모 너거가 와 이리 고생을 했것노 너거 복이 그거밖에 없는 걸 생각하모 지금도 가슴이 무시고 에리다 참말로 와 그랬을꼬

　외상으로 멕이고 입히고 월급 나오면 쪼매씩 갚고 그렇게 살다 끈 떨어지고는 가락지도 팔고 땅 쪼가리 조금씩 모아 놨던 것도 썩은 개 값에 팔고 너거 아부지 등이 내려앉은 기 아마 그땔 끼다 기가 꽉 차는 갑더마 말 없는 사람이 말이 더 없어지고 우두커이 방안에 앉았다 도시락 싸 산으로 가고 어둑어둑 내려오고 내는 돈 빌린다 전화통 달리고 어렵게 꺼내는데 없다고 하면 우찌 그리 눈물이 나던고 노리

에 너거 아부지 내한테 돈이 보이모 대나 깨나 써댄
다고 짜는 소리를 좀 하더마는 내한테는 그렇게 묵
고 죽을라 해도 없던 돈이 요양병원 가고 튀어나
오데 평생 믿고 살았는데 말짱 황이다 싶어 속에 천
불이 나고 우찌 내한테 이럴 수 있느냐고 면회 갈 때
마다 해댔지 소리 나지 않는 말을 비틀어 쥐어짜는
데 그 꼴도 딱 보기 싫고 그래도 가고 또 가고 버리
고 돌아오는 여편네 뒷꼭지가 뭐 이쁘다꼬 너거 아
부지 맨날 계자야 굿세게 살아라 굳세게 살아라 소
리를 치데

대상포진

볕 쪼가리 정수리에 박히면 눈은 기어들고 땀은 노
래지지 배가 등에 붙어 펴질 것 같지 않는 늦은 아침
알루미늄 둥근 밥상 새까맣게 달라붙은 파리 쫓아도
다시 빨아대는 식은 밥에 물 말아 한술 밀어 넣으면
버석버석 불쑥 나타날 것만 같은데 기다리던 밥솥
공글 친 지 오래 찬 바닥 양지 녘 쭈구리고 앉아 쑥
말린다 편편 다독 뒤적인다 머리에 인 하늘 한 뼘 다
쳐 굽은 등 무릎을 싸안는다 내 날이다 싶은 날 없이
살다 지 새끼는 배부르게 키우겠다고 공사판 따라다
님서 집에 오도 못하는데 오면 쑥 죽이라도 끼리 믹
이야제 손길 바쁘다

덤프를 등에 업고 하얀 피투성이로 돌아왔던 쑥대
궁 같은 상영이 한 모타리도 되지 않는 엄마 몸에 뿌
리내려 빨갛게 핀다

봉알자리 샘이 깊다

족집게로 흰 올 뽑던 쪽머리 몽땅 비짜루 달고 진지 드시다 니 왔나 한술 뜨라 국 말던 숟가락 내미신다 기다리는 게 있으시나 눈꺼풀이 움푹하다 콧날이 혀에 앉아 일마다 쫑쫑 앵긴다 끌끌 만발만발하시더니 언제 이렇게 웃으셨나

물비린내 다리미내 꼬띠분내 동백기름내 새벽 말갛게 차리고 패를 뜬다 놉 없는 살림 부석에 물만 나도 출가외인 찾아 일시키고 밥 먹인다 무서워서 앞에 바로 서지도 못한다는 엄마는 유행을 좋아해서 점심을 단지에 모은다 아버지 출근하면 외할머니 집에 간다 돌배기 업고 부른 배 안고 이불 빨래 큰 다라이 가득 이고 성터 남강 가에서 양잿물에 삶고 볕 바른 양지에 또 한가득 말려 종종걸음 밥상 올린다 할머니와 외삼촌과 오빠는 마루에서 밥을 먹는다 우리는 부석에 서서 먹는다 할머니는 진주로 이사와 집안사람들과 계를 하고 계주가 된다 계군들과 만나 화투를 친다 돌아오시면 흰 코신을 씻으라고 나를 부른다 다섯 살 나는 새미 물을 길어 뽀독뽀독 씻는

다 잘 씻었으면 엣다 동전 하나 말끔하지 않으면 새
미가에 던진다

　일곱 살에 고아가 된 아버지는 어머님이 우리를 살
게 해 주실 거라 하신다 아버지 월급도 엄마 점심단
지도 우리 동전도 할머니 수첩에 올라간다 도시계획
계 공무원 아버지는 상평동 모래밭을 부지로 만들
고 팔러 다닌다 산청이고 안의고 외가 식구들은 상
답을 모래밭과 바꾸라는 말을 귓등으로 듣는다 이문
이 남을 거라고 할머니에게 땅을 사자고 한다 짝사
랑이다 할머니 수첩은 서울 삼촌에게로 간다 엄마는
우리 돈이라도 내어 달라고 한다 돈은 내려오지 않
는다 더 이상 월급을 맡기지 않는다 서울에서 전화
가 온다 가서 줄 테니 계꾼에게 대신 돈을 내어주라
고 한다 엄마는 통장에서 몰래 돈을 뺀다 목돈 가지
고 내려온 걸 아는데 돈을 주지 않는다 엄마는 큰일
난다고 매달린다 울고불고 한다 아놔 하고 돈뭉치를
던지는 그런 날엔 다라이에서 물놀이하던 동생과 나
를 너거 집에 가라고 쫓아낸다 빨개 벗은 동생 손잡

고 울면서 장보러 간 엄마 찾아 진고 지나 중앙시장
으로 간다 엄마는 애들 찾아 진주바닥을 뒤지고 동
리 아지메 진고 길 가더라고 중앙시장 가더라고

옴마가 내한테 와 이렇게 독하게 하꼬 생각은 했어
도 출가외인이라 법도가 그런 걸 우짤끼라 생각했다
는 우리 엄마가 내한테 미안하다고 한다 니가 아팠
을 줄은 몰랐다고 한다 살이 흐르고 모가 배겨 안 아
픈 데 없다 허리 내미시는 할머니 니 손 참 시원타 니
손 항상 좋더라 맨날 오면 안 되나 와 안 죽으꼬 하신
다 쎄가 만 발이나 빠지려면 혼자서는 어림도 없다
싶더니

신산아제

소달구지 앉아서도 책을 들어
상록수 채영신 닮아 멋있었다 처녀 재취에
일은 열심히 벌이는데 수확은 늘 비껴가
양파 심어라 해서 양파 심으면 썩은 내 진동하고
단풍나무 심어라 해서 단풍나무 심으면 얼굴에 단
풍이 들고
어미돼지 분양받아 새끼를 빼
남들은 다 하는 돈 집집으로 고기만 돌리고
그 많던 땅 뚝뚝 잘라
마셔대더니
팔순 턱에 미끄러지셨다
강가를 기어오르던 술
발목 지나 목 밑에서 찰랑대다
위를 다 잘라낸
울대 헐겁게 쳐든 장닭

어버이날

요양병원 헐거워진 입술 초장 뚝뚝
한 도시락 갈라주고 남은 회
냉장고에 넣어 둬라 하신다
동생 용돈 챙겨드린다

강 건너 신산 본가
아버지 맥주로 허기 채우시고
텃밭 취 머구 돈나물 뜯고 소풀 뜯고
다섯 명 가서 네 상 받은 점심 밥값
동생 옥이가 낸다

진양호 발치 친정 참기름 깨소금 챙길 때
봉투 두 개 챙기는
아버지 둘째 딸 옥이
나는 화끈거리는 얼굴을 견딘다

패밀리 이름뿐인 패밀리에서 화이트 한 병 산다
집 밑 강가에서 홀짝이다

남강에 화이트를 풀고 들어간다
전화가 몸살을 앓는다
19도를 만나면 깜빡깜빡 필름은 19센티 늘어지다
찌익 찍

집밥

젖 맛이 나지
현아 빨아대는 거 봐라 우리 호야 직이겠다
눈물밥도 으깨셨어
노을 걸어오면
땀내 나는 빈 젖고랑에 고개 처박아
배가 찰 때까지 빨아
울어

책가방에 번지던 된장 내
부끄러워
설익어
사 먹는 밥 살로 가지 않는다
뼈에 구멍 난다 하시던
정지간
오늘은
삭아 삐걱거려
방문 안에서 상 차리신다
염소 똥으로 밥상 차리신다

지꺼

　내캉 너거 아부지캉 초봄 땅강아지처럼 푸실푸실
땅 만들고 질삼하고 오비 짜서 한 모타리씩 늘린 그
거를 너거 할아부지가 장손이라 끼고 다님서 다 지
꺼라 했는갑제 지 하나 빼고도 새끼가 넷인데 우찌
다 지건고 욕심이 하늘까지 차서 더런 놈 쌀이고 양
념이고 철철이 보내도 큰 아라 믿고 틀니하게 돈 좀
보내도라 캤더마 그 말도 그냥 했음사 올매나 애럽
게 입을 뗐는데 고거를 고거를 그해 딱 고추값 쳐서
보내는 기라 큰 자슥은 하늘이 낸다더마 말짱 황이
다 케라 저 건네 감나무 밭 지도 조금 사 넣었지마는
내가 넓힌 마늘 밭인데 고거를 싹 팔아 치우고는 달
다 씹다 입 한번 달싹을 안 하네 그기 말이 되나 내
인자 내놔라 칼끼다 복장이 시커먼 놈이제

　한낮 땀 뻘뻘
　매미 우신다

제3부

알지 못했다

우리라는 말이 입에 붙어서 나라 동네 집 남편이 우리고 아이가 다 우리다 몫없이 먹게 하려고 밥그릇도 정하지 않았다 통닭 한 마리 놓고도 막내는 누나 둘이 다 먹는다고 징징댔다 먹는 것만 보면 그랬다 우는 건 복 달아나는 일이지 밥상 밖으로 쫓아냈다 매를 들었다 그게 울 일이가 했었는데

밤에 일한다고
하루 한 끼밖에 못 챙겨 먹이던 아이들
어쩌다 먹게 된 통닭
입도 작고 손도 작은 게
얼마나 울 일인지

단방구

해거름 담에
검정 고무신 밀집모자가 기대서 있었다
뒤에 선 하늘이 단단해 보여 술래를 찍었다
달빛이 구부러지는 담벼락에 얼굴을 대고
하나둘 열까지 세었다
찾으러 가도 되나 소리 질러도
텅 비어 무서웠다
어디에 숨었는지
수박 옆 순을 치고 수정 시키고
아이가 셋이나 나고 자라고
부러진 허리로
아픈 무릎으로
찾아다녔다
끝내려 찾아다녔다
각방 살던 어머님도 열하나를 낳고
정월 바람
찾아 다니는 거 같았다
쑤시방태기 머리 빗고 지정면 행사에 가면

어떻게 저런 여자가
그이 안들일 수 있느냐고 쑤군거렸다
어디쯤에서 나를 흘렸을까
술래가 되어 찾아 나서야지
늦지는 않았을까

내시경

꾸울떡 삼켜 선택이었어 부셔버리고 들어섰지 숨
을 곳이 없어 안개를 피웠지 꾸역꾸역 삼켰지 이젠
꿀떡해도 내려가지 않아 숨이 막혀 물도 타올라 대
가리가 안개를 훑어 꿈틀꿈틀 기어가 꾸울떡 삼키세
요 상처 나요 꿀떡 지나 꿈틀 식도 아래 작은 딴방딴
방 간간 뛰어들어 고여 상해 되새김질 밥상머리 눈
물 복 나가고 안 먹어 쏘가지 쏘가지 꾸역꾸역 밀어
넣어 꿀떡 께짝 게우는 위장 벽 훑어 맨 처음 부탁이
라 손아귀 겁도 없이 손님 접대 도시락을 곱창김에
싸 터져 비뚤배뚤 앉아 날 봐줘 내밀던 손 걸려 화끈
거려 옆구리를 콕콕 쪼아대 혹여 마주칠까 보이고
싶어 얼었던 날들 박혀 녹지 않아 십이지장 한번 보
자 연락에 약속을 향해 흘러가다 오지 않을 거다 속
준비를 해야 하던 그런 날 어김없이 문 밀고 들어서
일이 생겼다 선걸음에 가버리고 땅으로 꺼져 신물로
올라와 숨이 쉬어지지 않아 다른 길을 걸어도 여전
같은 꿈들 꾸역꾸역 삼켜 자꾸 되새김질 쓴 물에 화
끈 가슴이 타 꿈틀 기어가 잘못 들어가면 터져 피 토

해 들이밀어 구석구석 헤집어도 막힌 곳이 없어 막
는 것도 없는데
　이제 다 와 가 너도 타니

데미안

네 속에 내가 없어
너 가는 거 편하겠다
전화할 사람 아닌데
병원이다
폐도 간도 식는다
잔소리는 하지 마라
듣고는 있는데 무슨 말인지
고작 그만큼 살 걸
가는 내내
몸 찢는 길인 줄 알았더라면
붙들어 말해볼 걸
네 세상이 높아
누구도 담길 수 없는 자리라
생각했다
터진 김밥을 말 때도
목 짤 줄 모르는 쉐타를 칠 때도
그림자로라도 좋았다
오리 새끼처럼

처음 본 사람이 너여서
네 눈을 통해 세상을 보고
가난을 말하기에
가난 옆에 살았다
네가 손을 내밀었다
마음이 쏟아져 들어갈까 봐
머뭇거렸다
너는 기다림을 알지 못했고
시작이 없던 내 기다림은
끝이 없었다
어깨를 쳐내고 다른 길로 갔다
숨 쉴 수가 없던 밤엔
너를 꾸었다
세월 지나
세상 쓰임 끝나면
밥해주고 살아야지
살아가면서
나도 늙을 텐데

귀찮아질 텐데
어디서 만나야 하나
내 속에 네가 있으니
네게 가야지
넌 오지 마라 하겠지

자갈보지 어쩜 눈먼 불도저

모퉁이에 둥글게 집 짓고 말 튕겨 땅 먹고는 집으로 돌아가는 어린 놀이 멀리까지 달려도 집으로 돌아가지 못하면 넓힌 땅은 잃어 몸이 자란 저녁에도 어김없이 집으로 돌아간다 발밑 넓히는 책상 하얀 얼굴 초침 사각사각 문제집은 땅 반에반에 반 뼘 난로에 석탄이 타고 도시락이 타고 집이 타 태화고무로 밀려가 몸 안을 헤집고 다녀 자꾸 누구냐고 자꾸 왜 사느냐고 타들던 말들이 멀리로 튕겨 방향을 잃어 사면발이가 기어올라 대문을 잠그지 못하고 늦은 밤 서성이는 집 잃어버려 물길을 돌려 남의 땅 어스렁대는 앉은뱅이 책상에 앉아 타버리는 꿈 무논에 뛰어들어 골탕 허우적 드러누워 타다 만 불쏘시개 딛고 뛰어 올라가 멀리까지 달려 땅을 먹는 중 아님 돌아오는 중 어쩜 날아가 버렸는지도 얼마나 멀리까지 갔을까

성당도가

생일날 선물로 주던 얼굴
엇박자 그 사람
아파
죽어
그녀를 연다

꾹 밀어 넣고
눌러 뚜껑 닫아
깊게 묻어두고
큰 물 든 강 떠내려갈 때
꿈으로 붙들어
그조차 흘러

쏟아져 나온다
반은 더 꾸역꾸역 기어 나온다
낭패다
앙금이 다 터져오를 때까지는
살짝살짝

김을 빼야 하는 거였다
몰랐다
살아 있다는 것을

한별이

흥건해지면 머리 깨질 듯 울음소리 젖 물리다 업어
달래다 한밤중에도 깨운 대밭 스걱서극 젖통 크니까
양 많을 거라 짜보면 물젖 아니고 참젖이니 옹골질
거라 성질 배릴까 시간도 딱딱 젖꼭지 새끼손톱 반
만 한 게 빨아도 안 나와 울다 넘어가는 걸 성질만 더
럽다고
　얼마나 입이 아팠을지
　아빠가 빨아야 꼭지 뚫린다는데
　아빠는 보이지도 않아
　젖에 입맛 든 아이 분유 먹지도 않아

수연이

　회복간 허락에 허리 틀던 새벽편지 뱃속에서부터
철들어 도닥도닥 걸어 돌계단 올라가 대청마루 올라
가 종지 들고 소주병 들고 할베 방에 들어 니 한 모금
내 한 모금 담배 콜록 내려서는 걸음 비틀 기침 터진
할메 설탕가루 입에 탁 털어 넣어 니 한 술 내 한 술
이 갈기도 전에 시커멓게 녹아 뿌리 벋지 못해 감꽃
자북해도 까막 소리만 걸리던 대봉 어린 가지 빈 소
마구 어깨 감싸 받은 건 더러 잊어도 자근자근 개켜
둔 마음 잠 아까운 그믐밤에 뒤란에 끌고 와 불 붙이
고 삭정이 던져 넣고 불꽃 치솟으면 왕겨 들이부어
불씨 안까지 타들어가 숯검정도 하얗게 태워 가꾸는
만큼 거두는 새벽 뿌리에 재거름 넣어 자갈밭 등어
리 닮은 열매 가지 움켜쥐고 한 줌 햇살 따라 발 돋우
고 키 자라 겨울 날아

지환이

　입술은 웃고 눈 차가운 삿대질 지켜야 할 것들이
다 시커멓다 벽에 방바닥에 머리를 찧는다 하루 한
끼 급식 서너 그릇씩 이뻐서 먹이고 남아서 먹인다
부푸는 배 둥치 징징 돌돌 현관문 찬다 와창창 볕살
박힌다 팔딱팔딱 도르르 판막을 지나 심장을 쥐어짜
모르는 사이 어디까지 가버린 걸까 키만큼이나 큰
의자 올라 가스불 켤 때 아니면 계란 노른자 터질 때
등 뒤로 돌리던 빨간 손 그때부터였을까 아니면 엄
마 말라 열 권 스무 권 동화책 들고 올 때 아니면 무
한도전 속 달릴 때 아니면 바람의 나라 떠돌 때 아니
면 아니면 박혀 돌아 다녀 혈관 돌아 어쩌지 지나가
버렸으면 찾지 못하면 하루치를 달아주는 저울 없을
까 땀 비질 눈 감는다

아버지

잠을 깨문다 퍼뜩 뜬 눈이 방안 샅샅 밝힌다 시계
문틈 손가락질한다 창호지 너머 시커멓게 앉아 꿈틀
대며 가늘게 기어 온다 초침소리 보리 대궁 다섯 얹
힌 숨통 뱉어 낸다 괘종 깊고 오래 떨린다 농협 네거
리 마주 오던 손 발길질에 갇힌다 함께 가던 웃음들
머리 위로 지나간다 돌아보지 않는다 말리며 다가오
는 손 사과는 받으라고 있는 거다 날아온다 가다 오
고 가다가 돌아오고 살짝 우아하게 슬쩍 괜찮은 척
손톱 박고 기어올라 치이익 뿌려 퉁퉁 불은 목덜미
에 이빨이 자꾸 자라 후다닥 문틈 노려봐

짝째기

백일해부터 홍역 폐렴까지
하루 빠꼼하면 하루 껄떡 넘어가
저거 건지것나
눈만 땡그랗고
팔다리 거무 같은 기
사람노릇이나 하것나
아 자지러지제
엉덩이 빠꼼한 데 없제

난리치던 엉덩이
움켜쥐던 보건소 김양
아마 오른손잽이
오른 궁뎅이 꺼지고
오른 다리 짧아져
귀관엔 물이 쩌얼룩
솜뭉치로 막아 쩌룩

다이찡 가루 종이나발 훅훅

짜증 하얗게 날아
닦다 푹 찔러
시커먼 피고름 울다
귀 물 말라
돌로 자라는 줄은 몰라

왼 골 쩌얼룩
오른 골 룩쩔
사랑 반 발 쩌어룩
깔깔 루쩔

해 빳빳 걸어도 달 쩔룩

분침 속에 밀어 넣었다

안 떨어진다 6시 일어나 7시 일이삼 눈곱 떼고 대강 밥 먹이고 트럭 시동 걸면 8시 일 번 중학교 도시락 이 번 초등학교 급식 삼 번 정환이네 맡기고 일터 8시 30분 커피들 한잔하고 하우스 포장 들어선다 10시 우유 하나 화장실 한 번 수박 순 면도날 치고 12시 후다닥 집 가서 아침 설거지하고 서서 한술 밀어 넣고 다시 육묘장 1시 박 순 지르고 대칼 밀어 넣지 우유 하나 이백오십 원짜리 단팥빵 하나 화장실 한 번 5시 30분 삼 번 찾아 집에 내려놓고 저녁 차려줄 시간은 없고 6시 작업장 잔업 식구 많은 날은 짜장이나 우동 오늘은 컵라면 어김없이 막내 배고프다 전화 악악대고 귀는 듣고 입은 달래고 손은 접붙여 일 많으면 열 시 오늘은 아홉 시 저녁 해서 먹이고 설거지 밀어 놓고 막내 안고 동화책 세 권 읽어주면 일곱 권 더 들고 오고 혼자서는 절대 읽지 않아 씻기지도 못하고 재우면 10시 30분 달에 15만 원 청소 부업까지 끝내고 돌아오면 다시 1시

아이들은 뒤죽박죽 자고
벗고 누우면
꾸게꾸게 밀어 넣었던 봄이
베개를 적셔

간혹 눈물이

하우스에서 혼자 수박 순을 치다 보면
얼굴은 딱딱해지고
머리는 녹슨 경운기가 된다
일터를 옮겼다
목 까딱 살짝 미소 인계 실행 보고
같이 일하는 게 아팠다
얼굴 살은 일곱 달 붙들고 다니고
사람들은 붕어 입 뻐끔거리고
쇠 깎이는 소리에 귀가 찢어질 듯해도
머리를 돌려야 했다

바지를 벗어야만 오줌을 누던 아이는
처음 간 학교에서
똥을 오줌을 참고 집까지 오는데
골목길에서 싸기도 했다
엄마는 일 나가고 없는데
학교에서 전화가 왔다
화장실 문 잠그고 울고 있다고

아무리 달래도 나오지 않는다고
동네까지도 못 갔나 봐
일터에서 쩔쩔 매다가
달려가던 그런 날
씻기고
괜찮다고 꼭 안아주지만
참 니나 내나 싫었다

아이는 꿈을 왜곡해

엄마와 오빠는 모시옷 입고 한낮 누대에 앉아 부채 바람에 더위나 쫓고 주인집 종 같은 예닐곱 살배기는 키보다 큰 들통 나리비 서서 새치기 북새통에 이리 툭 저리 툭 동우에 물 채웠다 엔가이 높아야 말이제 부엌 턱에 걸려 넘어졌다 무릎 까지고 눈앞에 별이 왔다 갔다 아인데 볕도 들지 않는 흙부엌 바닥 물 쏟았다고 칠칠치 못한 것 니 옷 벗어 닦아라 새파랗게 뛰어온다 어금니 앙다물고 무릎에 피나든 말든 아침에 입은 쉐타 새빨갛게 핀 동백 모가지 떨어지든 말든 홍건한 구석 물까지 자근자근 닦아 닦으라 하니 닦지 우레 칠 것까지야 저 저 저 년 하면서 곰방내 나는 부석 물로 부아 돋운 것도 모자라 속에 천불을 지른다고 그 작은 아를 안 죽을 만치 팼다 빗자루로 잘못했다 싹싹 빌던지 도망이라도 가면 와 지가 맞을 끼고 입 꼭 다물고 버티면서 매를 버는데 그래도 썸뜩한 기 벌말은 다시 못하겠더라고 간간 말씀하시지

커서 엄마가 되고
기억 속 엄마보다 더 나이가 들 때까지
아이는
모시옷과 쉐타에 갇혀 있었다

양파

짓밟으면
소리 없이 무너지지만
으깨져도
후드득 마침내 눈물 쏟게 하고야 만다

새끼를 키우기 위해
대가리를 땅에 처박기만 할까
매서운 살림
시퍼렇게 언 다리로 뛴다

사랑이라고 지켜야 할 인연이라고
감고 오르는 덩굴손
우두둑 뜯어내고 서면
소태 같이 입에 고이던 침

동굴동굴
허리 꺾고
봄이 속살로 차오른다

괜찮아 호 됐어 그래 가봐

해가 똥구멍까지 치솟았는데 아직도 처자빠져 자
느냐 컴컴한 창 헛기침 눈곱 잠 떼기질 주둥이는 대
엣 발 소마구 치고 여물 솥 김 토할 때까지 부석부석
강에 빨래 낑낑 무겁다 동전들 지폐 모아 챙겨줄 때
아이들 통닭 한 마리 사줄 생각 못 하고 대산 촌장 처
음 장만한 손잡이 긴 나무 주걱이 행복해 군불 때는
부석에 찾아와 담벼락 타다 굴렀다 검지 쳐들고 새
카맣게 젖은 눈망울 무표정 찬찬 들여다보고 괜찮아
호 됐어 그래 가봐 벽이라 생긴 것 중에 오를 수 있는
건 다 타 손이고 무릎이고 이마고 까져 들이밀어도
호 응 됐어 그래 가봐 아이 표정 보이지 않고 눈 속엔
올가미 카랑카랑 발광하는 멧토끼만 있어

　녹진녹진 거름이 되고 싶어
　얼굴이 흘러 아파 손바닥이 먹어

엉겅퀴

허리가 밟혔다
뚝 분질리는 소리

내게도 뼈가 있었구나

7년 마구잡이 밟힘
버틸 수 있던 건
그들
어디를 밟아야 부러지는지
몰랐던 게지

15분 전

　슬금슬금 기어와서 밭 밑동 갉작갉작 수박 하우스 꼬르륵 거품 게어내면 남강은 막사 살림살이나 수박 뜬 길 달린다 두류산 쏟아지는 비 예보에 양수기 총출동 들이 들들들 잠 쫓고 모래포대 삽 골골 물꼬 막다 물 들어온다 터지는 소리에 나래비 섰던 트랙터 경운기 양수기 줄줄 둑으로 기어 올라간다 헤엄 칠 줄 모르고 등 돌려 다른 삶도 생각할 줄 모르는 나는 하우스 골에 엎어져 손 바가지 달린다 조금만 더 조금만 더 버틴다

　그럴 때는 누군가 끌고라도 올라가야 한다

제4부

루이체

　루이 오 루이 매끄러워 성당 선산 빨간 솔에 흘러 오십 년도 훨씬 전에 맞은 벼락 연기 한 줄 못 내고 살아 시동생 시누 시집장가 보내고 제 몸에 난 둘 치고 어머님 백수에 선산 가시고 제우 반 숨 돌렸을까 허리가 꺾이더니 연기가 웅얼웅얼 기어 나와 몹쓸 구장 놈이 우리 옥이를 물에 집어넣었다 끄집어냈다 이 무슨 일일꼬 동리 사람들아 우리 아 좀 오가 거가 오데라꼬 오가 빨리 안 나오나 눈 번쩍거린다 어느 몰매 끝 손가락질에 덜컥 피똥 싼 아들 아부지 물고기 잡느라 강에 갔다 전기에 타 죽은 큰아들 울컥울컥 따라 나와

　창밖에서도 침상 곁에서도
　밤낮으로
　하르르 다르르
　하르르 달달

광성 인쇄소

비봉루 밑
어릴 적 패치기 놀던
그 집 형님 버버리
하루에도 몇 번씩 활자를 등에 지고
활판에 꽂혀 달렸다
연탄난로 위에선 기적소리가 난다
찰카닥 스응
찰카당 사악
멀건 얼굴에 이야기 유창하다
이자는 이 할
외상값 갚고 나면 간당간당 월급봉투
빚내러 다닌다
고만고만한 살림에 입이 부끄러운 엄마는
맨날 내만 보낸다
종착역은 금석이네
길에서 마주쳐도 못 본 척 지나는데
간판이 보이면 얼굴이 빨갛게 달리고
올렸다 내렸다 문 밀지 못하는 발도 같이 달린다

30촉 알전구 엘이디등 달아도
금석이 형님은
여전히 달리고 있겠지

목련

허리춤 움켜쥐고 둥근 안경테 너머를 째려보죠
성큼성큼 걸어요
이쁘다 이름 붙이는 걸 좋아했어요
파랗게 웃어요
데려오는 여자마다 모자란다 싫어했죠
신랑 잡아먹었다고
잘나가던 새끼 둘 대가리 씹었다고
가랭이로 말해요
숭어리가 타버렸어요
동의한 적 없어 왜 날 내버리는 거야
지둥지둥
만나면 가만두지 않겠어
지린내가 앙다물고 뿌드득 씹어요
앞발 한참 그어대다
배고파 밥 줘 하시죠

아직도 앞에 서면 오금이 저려요
손아귀 힘 뺀 사이 뒤안으로 달아나요

쉬고 싶어요

화자

    몸뚱아리 얇아 웃음도 얇다 새끼줄 세 가닥 낫 한 자루 허리춤에 달고 고개 쳐든 산 비탈 탄다 드문드문 잔가지에 허리 다리는 산밭 나무 다발 차올려 머리에 이고 밥 먹으러 간다 빈손에는 욕 타작 입고 벗고도 한참이 남는 딸년 여섯째 곯은 배 단벌 아들 밥상에 물 떠 온나 니는 손이 없나 발이 없나 하찮은 딸년 표 안 난다 가세로 찔러 쥐이삐라 깨갱 발뒤꿈치 문다 아부지 얇은 품삯 노름 문 들면 옴마는 밤새 바가지 득득 너덜 잠에 얼음 밤 기어든다 바람 파렴치하다 길쭉한 밤 집집 문문 벽에 귀 대고 아부지 목소리다 집에 가자 바지가랭이 붙들고 뿌리 차면 기어가서 매달린다 놓치면 오늘 밤 다 잤다 부석에 갈비 밀어 넣고도 불나고 길만 나섰다 하면 받히고 넘어지고 부러지고 짚가리 한 아름 큰 덤프에 빠져나오지 못하고 반쯤 붙들리는 죽을까 벌벌거리는 쇠나무

다안고개

　실뿌리까지 햇살에 놓여 산을 파 바빠요 올라가 선
친 무덤 길 못 내줘 서서 운전 덜컹꿀렁 씨불쓰블 말
뜸 들이고 부탁 길 키워 풍이 와 대소변도 못 가려 손
사래 길 일어서 떼 짧아 불뚝불뚝 다안할베 초상나
기계 달라붙어 바위돌 보란 듯이 떨어져 내려 차들
멈칫 눈치로 걸어 포크레인 나리비 비스듬히 잘라
깎아 풀씨 흙탕 쏴 쏟아내 말이 익어 꾹꾹 눌러 큰 돌
한두 개 슬쩍 굴러 몽땅 파내고 철망 싸 꾸욱꾸욱 다
져 잔돌 삐쭉삐쭉 말 김 빼 올라갔던 꼬리가 한목에
내려와 주의 낙석지역

성당나루

하류 동네 큰비 내리면 사람살이도 하류가 된다
젖먹이 맡겨 두고 배 얻어 타 미나리들 오전 일 마
친다
젖이 흘러 점심 배에 몸 건넨다
4월 바람 수박 하우스 들기도 해서
다시 건너야 하는데
큰물 지나는 강에
남은 배 한 척
배 띄울 때는
백야 둑까지
가로 가로 간댕이 짚고 거슬러
한참을 올라가
각도를 생각하며
포물선을 그리고
재빠르게 노를 밀고 댕겨야 한다
말뚝 줄 풀자
간댕이 짚을 틈도 없이
노 저을 틈도 없이

바로 떠내려간다
간댕이로 버티면 간댕이를
노로 버티면 노를
잡아먹는
남강은 잡식성
낙동강으로 멀리는 부산까지
마산동네 다리발까지
떠내려간다
오른손 배 거머쥐고
왼손
허연 거품으로 달려가는
강 젓는다
찰박찰박 친다
가로 나가기 시작한다
닿으면
기어올라가면 된다

배롱나무

　양로원 가는 길 가 팔다리 잘린 채 뿌리 붕대 감고
던져진, 중앙병원 베트남 일꾼 두세 마디 피 떡 세 개
붙일 쓰레기통 봉지 얼음 직접 닿지 않게 간간 소리
전화선에 칭칭 감긴, 연신 붉은 피가 배어나와 자세
히 보면 하얀 피였는지 노란 피였는지 칭칭 새끼줄
에 감겨 목을 매 쭛쭛 집어 던져도 질긴 놈이니 곁에
선 구덩이 무덤 아니면 집 죽음을 사는 건가 그 숲에
선 생기는 대로 자라 긴 머리카락 사이로 바람이 지
나 둑 걸어 종일 땀에 묶인 머리카락 낱낱 풀고 걸어
간 끝엔 노을이 서 있지 당신 눈을 보며 높다랗게 뛰
어내리고 싶어 어스럼 강도 살점 뜯어 청둥오리를
키워 살점을 뜯어 가며 무언가를 키우는 거 갈 데가
있는 거 누군가를 기다리는 거 간섭하는 거 다들 등
을 보이며 걸어가 아무리 아프다고 소리를 질러도
돌아보지 않아 더 이상은 싫어 1041번 국도변에 누
워 있어 아 물론 새순도 내고 귀볼 뜯어대던 바람 수
천 날 뿌리를 박기 위해서였지 겨우 발을 내렸는데
이런이런 꽃까지 피웠는데 잊어버렸어 온몸으로 웃

어대고 꽃망울 한두 개 틔운 뒤태 같던, 깨 볶는 일
하나를 시켜도 노랑노랑 얌전케 볶던 그 계집애를

개도 이름이 있어요

떨어지면 떨어지고 말면 말고
덜 여문 남강 둑길
꼬리 말아 혀 빼물고 달린다
트럭에 쫓겨
피할 곳 없는 외길
어둑한 산 뿌리까지
비 부슬거리는 마당에 손 들고
벌 서 있을 때
그만둬야 했었어
웃청 마루 댓병 소주
밤마다 훔쳐 먹었지
줄과 함께 마른다는 수박 돈은
은하수 건너 은하수다방으로 마산으로 흐르고
다방 여자들은 왜 다 불쌍한지 지가 아니면 안 되
는지
밭둑에서 논바닥에서 쉼터에서
맷집 좋은 마누라였지
맞을 짓을 했겠지 오데 여자가

술 처먹고 오줌이나 싸고
수박 줄 마른 지 온젠데
하우스 열두 동 쑤씨기 그런 쑤씨기가 없는 기라
말질은 쿨럭쿨럭 쉴 새 없이 돌아가고
엉머구리 아들은
등 돌리고 앉아
텔레비전 속으로 빠져 달리고
힘 떨어지면
비켜 앉아
가쁜 숨 고르면 그만이지만 아롱이
멈출 수 없는 트럭은
덜컹덩 덜커덩 곤두박질

머시 아까버서

그가 오데쯤이던고
옴마가 눈치껏 묵고 싸라며
뱃머리에 밀어 넣데
통시 겁나 목말라도 참고
맞아 더러 부려져도 약이 오데 있더노
일 하다 보모 지질로 붙제

얼기설기한 하꼬방 배
똥 싸는 소리가 복도를 흔들고
배라도 주물러드리면
나라마 귀찬쿠로 무겁구로 해도
따뜻한 기 얼굴도 모리는 옴마손 같다

모래톱에 얹혀서도
남강 물길 따라가고 싶다
털레털레
굽은 노을
덤프트럭 달리는 창밖 내다본다

한가위

웃마을 석산띠기 달덩이 아들

여자가 뭐라고 기차 길에 누워서는 기차가 뛰어들고 쉰둥이 허벅지를 먹어대고 못질도 할 수 없는 관에 누워 큰 덩어리 똥을 누고 여자보호사 관절 뚜뚝거리면 자지는 빳빳히 고개를 쳐들고 허벅지에서 통증이 자라고 나락 그루터기에 이삭이 자라고 조금씩 자라고 아무리 자라고 자꾸만 자라고 엄마가 자라고 도무지 자라고

뒷동산에 떠올랐다 왜 아직 안 와 엄마

골다공증

갈비 긁어와 데운 방 타닥타닥 날아다니고 밭 한 뙈기 이고 지고 성당 나루터에서 대산 장 칠원 장 팔러 다니고 빈 배 물 채우고 땅에 매인 종살이 노는 흙에도 모를 꽂고 구시 넘쳐 오줌장군 똥장군 등에 지고 바람구멍 자라 크게 숨만 쉬어도 뜨끔 금이 가고 말이 달달거려 신랑 잡아먹은 년이 요게가 오데라꼬 정지깐이 지랄발광 친다 뒤꼭지 잡아챈다

응급실

내한테미안타잘못했다한마디는하고가야제이리
가는기오데있노이래는내못보낸다내한테잘못했다
말한마디하고가란말이다이런기오데있노이런기

복도가 뒹군다 말 반 울음 반

아침 마산동네
단풍 덜든 얼굴에 쓰레빠
머리에 까치집 짓고
자주 길가에 앉아 있더니
재수없구로 여편네가 아침부터 쫑알댄다고
트랙터로 새 집 담 밀어버리더니

밤놀이 돌아오던 성산 모퉁이에서
핸들 채 돌리지 못하고
도랑에 떨어져
목이 꺾였다
직진만 하더니 기어이

구워 먹든 삶아 먹든

　얼굴 근육 처진 채 눈 뜬 듯 만 듯 볕살 피해 앉아
욕 켜면 왼쪽 눈썹 찌부라진 까마귀 난다 사방천지
개미 새끼까지 까악욕 까악욕 하다 훅 눈물 강에 빠
진다 술 먹고 지랄 떨다 그놈의 서방인지 남방인지
끄빠라지고 쥐꼬리만 한 보상금은 아아들 크모 준다
꼬 큰집에서 다 집어 생키고 뭐 먹고 살어 공사판 따
라다님서 돌가리푸대 이고 애새끼들 맽기고 밥 좀
먹여 달라 하고 지들 살붙인께 싫던가 말도 없이 이
사를 가버리데 동에서 이사 간 집 주소 알아 개지고
서 새끼 넷 던져주고 잠 많아 못 얻어먹는 겡이만 델
꼬 떠났는데 지지리 복도 없는 년 아 딸린 홀아비한
테 가가꼬 우리 겡이 눈칫밥만 묵고 영감이 풍이 와
오줌 똥 받아내다 나도 덜컥 반쪽 벵신된께 그놈의
집구석 지 아베만 델고 가버리데 고생고생 말도 마
라 묵고 살 수가 있어야제 우짜노 까마귀도 고향 까
마귀가 안 반갑나 그래 돌아왔제 겡이는 지금도 지
에미 말이라모 벌벌 떨어 인정머리 없는 다른 아새
끼들은 아픈 지에미 한번 찾질 않어 눈꺼풀 빛을 덮

고 주름들 내려앉는다

거미집

1.

배애지 볼록이며 알을 슬어도
꼬물꼬물 줄줄이 암컷
늘어가는 주정에
집구석은 그릇 이빨 빠진다

퉁퉁 불은 얼굴에도
뱃속 고추 쌍이라
웃음 피더니
밑 닦기도 못하는 딸년 넷 두고
아홉 달 버텨
포대에 부리고
영안실 차지

2.

벼 이삭 타오르는 울음에
알밴 적 없는 어미 찾아와
쌍둥이 제 몸에 심고

담 고친다
텃밭 가꾼다
자랄수록
수컷 주정도 자라
얼굴에 단풍이 들고
얇아진 알집은
바스락바스락
담 너머 달아나지만
쌍둥이 밟혀
새벽달
장독대 보시기에 뜬다

오십 고개

일 년에 한 두 차례 동네를 들었다 놨다
타닥타닥 화르륵 울컥 연기 토해도
넘어가지 못하고 아래로 퍼진다

개도 안 물어갈 년 하루이틀도 아이고 인자 내 더
이상은 못 참는다 언 잡놈하고 배때지를 맞췄노 내
가 모릴 줄 알았더나 바린 대로 대라 안 그라모 오늘
니 죽고 내 죽는 기다 오늘 또 와 이리 지랄이고 지
안들 보고 그기 말이가 아이고 동리 사람들아 아이
고 동리 사람들아 내 억울해서 우찌 살꼬 이년이 뭘
잘했다고 말대꾸고 내가 눈뜬 봉산 줄 알았더나 니
년 쑤시 쥑이고 내 죽으모 고마이제
고래 고함이 머리채를 질질 끌고 다닌다
이거 못 놓나 이 문디야 사나구실 못하는 기 그리
자랑이더나 쎄똥가리 못 닥치것나 도끼로 대갈통을
뿌사삐리기 전에 그래 아나 해바라 해봐라 하는지
못하는지 내 단디 볼끼구마 두 눈 시퍼렇게 뜨고 볼
끼라 지기라 내도 더 이상은 이리 못 산다 이년이 미

쳤나 와 와일쌌노 한번만 잉 한번만 더 내 귀에 들리
모 잉 내 가만 안 있을 기라 어이 어이

　날아다니던 욕이 둥치에 박힌다
　둘레둘레 흩어지고
　문들도 얼굴을 붉히며 닫힌다
　유곡띠기를 태운 불길은
　집집마다 흩어져
　밤새 연기를 피워 올린다
　아침이면
　늙은 풍개나무에도 꽃이 피겠지

성당 배수장

둑에서 이어낸 좁다란 다리 끝, 수문
밑이 보이지 않는다
울다 걷다 눈물 끝난다
자는 아이 업고
한참 서 있었다
부러진 코 시려 아팠다

뜨문뜨문 미나리 가로등
남강 물에 뛰어들고
어디선가 만리향
시커멓게 끊어지는데
거슬러 오르면
신산 고향집
앞마당 가지치고 계실 아버지
유난한 병치레에 남들 두 배 공들었다
다 갚고 가라
말씀 내려
빗방울 나려

깨어 자지러지는, 별

말할 걸 그랬다

타는 듯 아픈데
특이체질 모를까 문제없어요
레이저 뜸
김 안 나고 뜨거워
사랑이 없어 손가락질하는
싸랑싸랑 일터
나서면 가로막고
찢고 나서면 가로막는
장막 겹겹 날들
주먹 하나만큼 틈새로
엉덩이 빼고 있어
그렇데요 정말 사랑이 없데요
가지 가루 상처에 뿌려
근거 없어 할 수 없어요
시키면 시키는 대로
해보고 말해야지
지 잘났다 고개 빳빳이
우리라 하지마

잘못한 건 너야
남의 돈 벌어먹기가 쉬운가
시키는 대로 살아
생각은 50도
오래 붙이고 있으면
데어
물집이 터져
자갈보지
밑
발을 뗄 수가 없어

탄력 회복성

잘한다 무조건 믿어주는 한 사람
비록 옆집 할메라도
던져졌을 때 다시 튀어 오르게 한다

둘러봐도
사랑해 줄 사람 없고
스스로 사랑하지도 않아
복지 마인드 없다 돌 던지는데
모서리에 살짝 닿아도 쩡하고 뽀개지는 어항
똥창이 막혀 배가 터질 듯 빵빵한
금붕어
손끝 스치면 도르르 말리는
봉숭아 씨방
맞다 보면

땅바닥에 때기 쳐질 때
바닥을 뒹굴다
더 이상 밀려날 데가 없어

불쌍을 붙들고
일어나게 만드는 그런

쥐눈이

뒤에서 만든 아들이다
시아버지
시동생
새끼 둘까지 복작이던 단칸방 살림에
다림질 잠깐 눈 붙인 사이
기척도 내지 않고 기어 들어와
나가는 소리만 잠깐 들었다

그렇게 보초를 섰는데
언제 일을 치뤘느냐
우스개 친다

해설

내 사랑은 이래, 너희 사랑은 어때?
-구자순 시와 고통의 현상학

박태일

1. 세월과 고통

세월은 툭 꺾이지 않고 흐른다. 꺾이는 것이라면 소리라도 있어 알 수 있을 터다. 사람은 한참이나 지난 뒤에야 다시 되돌릴 수 없을 시간 저쪽을 깨닫는다. 글쓴이 또한 그랬다. 깜냥에 십 년 단위를 한 매듭으로 삼아 살았다고 자부하나 뚜렷한 변혁 없이 세월 흐름에 얹혀 왔다. 그러다 보니 어느새 일흔 줄이다. 처음 마산 일터 평생교육원에서 시창작반을 꾸린 때가 2001년 9월이다. 사회교육원이 7월부터 평생교육원 체제로 틀을 키운 첫 학기다. 바깥으로 인문학 위기론과 대학 존폐 담론이 심심찮게 논란을 불렀던 시기다. 학과 안쪽에서는 국어국문학을 목표로 삼은 학습자보다 떠밀려 입학한 이가 훨씬 많았다.

대학 위기론에 맞추어 문예창작과가 이저곳에 마련되어 걸음을 내딛고 있었다. 국어국문학과가 있는 대학에서도 따로 문예창작과를 만들던 때다. 글쓴이와 알음을 지닌 몇 시인이 그곳으로 자리를 옮겼다. 학과에 전공 선택으로 남아 있었던 문예창작 강좌도 앞을 내다보기 어려운 구조였다. 그러던 차에 지역 시민 상대 학습 기관인 평생교육원이 새 포부를 드러냈다. 글쓴이는 먼저 참여를 결정하고 시창작반을 마련했다. 창작을 이음매로 삼은, 지역사회 문학 실천과 봉사 활동이었다. 그러구로 2025년으로 벌써 24년째 강좌를 이끌고 있다.

그 사이 여러 유형의 사람이 오갔다. 학습 과정에서는 몇 가지 원칙을 지키고자 했다. 첫째, 한 권 시집을 겨냥한 중기 학습이다. 이른바 '등단'이 아니라 시인으로 사는 길을 배우는 게 중요하다 여긴 까닭이다. 둘째, 학습은 습작 활동에만 초점을 둔다. 창작 바깥 일에 소모되지 않도록 하기 위한 노력이다. 셋째, 오는 사람 가리고 가는 사람 말리지 않는다는 원칙이다. 글쓰기에 절박하거나 진정성을 지닌 이가 아니라 여겨지면 굳이 연을 잇지 않기 위한 꾀다. 그러한 원칙 아래 가닿을 목표는 한 가지였다. 평범한 지역민이 문학 취향을 빌려 자기 갱신에 이르는, 놀라운 변화가 그것이다.

그런 과정을 거치며 오늘날까지 가장 오래 시창작반에 남아 있는 이가 구자순이다. 그미가 처음 얼굴을 내민 때는 2007년이다. 두 해 쉬기는 했으나 18년째 한 주일에 한 차례 글쓴이와 얼굴을 맞대왔다. 그 사이 전공인 간호학과 동떨어진, 국어국문학 석사학위까지 마쳤다. 혼인한 뒤부터 살고 있는 정주지 의령을 범위로, 나라잃은시대 주요 언론에서 다룬 의령 기사를 따져 읽는 일이었다. 구자순은 처음 여러 해, 말문이 트이지 않았다. 글이 나오지 않은 까닭은 쓰지 않은 탓이 아니라, 쓸 수 없을 수도 있으리라는 쪽으로 생각이 모였다. 쓸거리가 너무 많아 아예 쓸 수 없는 역설은 글쓰기에서 드물지 않은 까닭이다. 곁귀로 그미가 예사 사람이 겪는 수준을 뛰어넘는, 격정의 환경을 딛고 있으리라는 사실만 어렴풋 짐작할 따름이었다.

글쓴이가 2020년 정년을 맞은 뒤 시작한 일 가운데 하나가 경남시인회의 부정기 연속간행물 『장소시학』 출판이다. 2021년 창간호를 내면서 첫 추천 신인상으로 구자순을 내보냈다. 그미가 창작 학습을 시작한 지 15년에 이른 시기다. 문학사회 활동을 공공적으로 시작하는 길은 여럿이다. 그런 가운데서 구자순을 『장소시학』의 1회 신인으로 내놓은 까닭은 작품 안팎으로 그미가 지닌 상징성이 큰 몫을 했다. 그미는 문학 바깥의 삶에서 문학 안쪽으로 들어서서 드높은 수준의 창작 성과에 이른 좋은 본보기였던 까닭이다. 이제 구자순 시인이 그동안 쟁였던 작품을 묶어 첫 시집을 낸다. 감회가 남다르다 하지 않을 수 없다. 그 점은 적어도 두 가지에서 그렇다.

첫째, 짧지 않는 세월 구자순의 시적 주체가 좇았던 압도적인 고통의 무게 탓이다. 담아내는 경험의 진폭과 경험 가치는 예사 경우를 넘어서는 고통으로 아로새겨진 경우다. 한 사람의 읽는이로서 글쓴이가 공감하거나 다가서기 쉽지 않은 골짜기 안쪽을 쏘다니고 있었다. 둘째, 개인적이거나 집단적인 고통의 주제를 훌륭하게 녹여내 한 사람의 시인으로 우뚝 선 점에 대한 감회다. 처음 시를 내놓았을 때부터 어떻게 헐떡이는 언어적 격정을 다스리고 가다듬을지 궁금했던 글쓴이다. 어느새 그미는 한 권의 시집으로 자신의 성과를 의연히 한 매듭짓는다. 대견스럽다는 격려만으로는 닿을 수 없을 변혁이다.

이제 글쓴이는 구자순 시인이 밟은 그 전회의 속살, 첫 시집 『내 사랑은 그래』가 안겨 주는 감회 안쪽으로 읽는이들을 초대한다.

2. 지향 배경으로서 총체적 고통

사람은 태어나면 죽는다. 시간으로 유한하고 공간으로 유한하다. 그러한 삶을 두고 석가모니는 초기 기본 교리 가운데 하나인 사성제(四聖諦)에서 고(苦)로 표현했다. 태어남부터 삶은 고통이다. 원인은 번뇌에 있으니 그것을 없애고 열반에 들기 위해 팔정도를 다할 것을 깨우쳤다. 이른바 고집멸도(苦集滅道)다. 고통이란 삶의 근본 조건이다. 태어남과 더불어 시작하고 죽음과 함께 사라진다. 사람은 어차피 고통을 겪을 수밖에 없다. 정서적으로 고통은 꽤나 행복과 달리 부정적인 심리 상태를 뜻한다. 불쾌, 나쁨, 벗고 싶음과 같은 것이다. 그것은 통증과 아픔이라는 서로 이어져 있으나 다른 과정의 통합이기도 하다.[1]

---

1   오은영, 「고통에 관한 내재주의와 외재주의에 관한 고찰」, 『철학

빅터 프랭클은 고통을 비극적 삼중주로 풀었다. 사람은 벗을 수 없는 고통과 지울 수 없는 죄, 그리고 죽음에 놓였을 때, 고통을 영웅적이고도 성공적인 과업으로 바꿀 가능성을 지닌다는 뜻이다.[2] 그러나 고통을 뛰어넘어 그러한 자리에 올라설 수 있을 이는 얼마일 것인가. 거의 모든 사람에게 고통의 끝은 절망이라는 사실이 참이다. 그런데 고통에 대한 두려움이 유기체가 지닌 공통 경험임에도 모든 고통이 벗어야 할 것은 아니다. 고통 회피와 쾌락 추구가 한결같은 방향이라 하더라도 그것은 바뀔 수 있다. 고통을 좇고 오히려 쾌락을 피하는 전도 상태다.[3]

①어른 밥상 댓돌 네 개 내려오면
하루가 끝나
웃목에 상 밀쳐두고
이불을 깐다

성냥팔이 소녀 한 개피 사랑 쬐고 호리병 도깨비 아

논집』 46집, 서강대학교 철학연구소, 2016, 104쪽.

2   J. B. Fabry(고병학 옮김), 『의미치료』, 하나의학사, 1985, 92쪽.

3   C. K. Aldrich(김종주 옮김), 『역동정신의학』, 하나의학사, 1986, 63쪽.

무나 내 좀 꺼내주라 하다가 내 꺼내기만 해봐라 하고
-(줄임)- 고개 갸우뚱 아프고 아이들 머리에 잠 내리
면 국그릇에 몰래 따라놨던 소주 홀짝

-「고아볼까」 가운데서

②봄조차도 늦던 남강 가 성당마을
여자는 멍에를 메고
시아베는 고삐 잡고
이랴 좌라 쫓으며
비틀배틀
납닥 밭 갈지
4월 바람 휘몰아
갈지자 걷고
-(줄임)-
쎄가 만 발이나 빠지려면
얼마나 더 가야 할까

-「만 발」 가운데서

③6시 일어나 7시 일이삼 눈곱 떼고 -(줄임)- 하우
스 포장 들어선다 10시 우유 하나 화장실 한 번 수박
순 면도날 치고 12시 후다닥 집 가서 아침 설거지하
고 서서 한술 밀어 넣고 다시 육묘장 1시 박 순 지르고

-(줄임)- 이백오십 원짜리 단팥빵 하나 화장실 한 번
5시 30분 삼 번 찾아 집에 내려놓고 저녁 차려줄 시간
은 없고 6시 작업장 잔업 식구 많은 날은 짜장이나 우
동 -(줄임)- 막내 배고프다 전화 악악대고 귀는 듣고
입은 달래고 손은 접붙여 -(줄임)- 오늘은 아홉 시 저
녁 해서 먹이고 설거지 밀어 놓고 -(줄임)- 씻기지도
못하고 재우면 10시 30분 달에 15만 원 청소 부업까
지 끝내고 돌아오면 다시 1시

-「분칩 속에 밀어 넣었다」 가운데서

위의 ①, ②, ③은 구자순 시가 담고 있는 고통의 귀
속 원인을 짐작하게 이끈다. 집안 며느리로서, 아내
로서, 엄마로서 겪는 남다른 어려움이 그것이다. ①
에서는 시골 대가족 며느리가 겪는 가사 노동이 중
심이다. "어른 밥상 댓돌 네 개 내려오면/하루가 끝
나"는 나날이다. 그렇듯 강도 높은 노동이 기다리고
있을 줄 알 리 없었던 도시 출신 말할이다. 동화 속
"성냥팔이 소녀"는 밤 추위 속에서 '성냥불'을 켜들
었건만 자신은 쪼일 '사랑'이 보이지 않는다. 어떤 마
법으로도 구할 수 없을, '호리병' 속에 갇혔다. 그미
가 할 수 있는 일이래야 기껏 "몰래 따라놨던 소주"
홀짝거리기. 견디기 어려운 가사 노동은 말할이의

삶을 부엌 바닥으로 내동댕이친다.

②는 들농사로 말미암은 어려움을 담았다. "여자는 멍에를 메고/시아베는 고삐" 잡았으니 소가 할 일을 며느리가 맡았다. 부림소 대신 몸으로 가는 일이다. 지나간 시절에도 가난에 찌든 농가에서나 볼 수 있었을 밭갈이 풍경이 느닷없다. 혀가 세 길이나 빠지듯이 고통스러운 과정을 거쳤음에도 일 마무리는 아직 가웃에 닿았을 따름이다. 혀가 "만 발이나" 빠져야 끝나려나 보다. 그렇듯 험한 밭일은 말할이의 삶을 잴 수 없을 고통 속으로 거듭 던진다.

③은 아예 하루 노동의 강도를 두고 「분침 속에 밀어 넣었다」라 썼다. 아이 대접을 제대로 해 줄 수 없으니 세 아이들조차 '일이삼'이라 일컬었다. 아침 6시부터 아이 셋 건사하고 들판 하우스로, 육묘장으로, 잔업에, 청소 부업까지 마치면 다음 날 1시다. 아이 저녁은 겨우 밤 9시에나 끓여 먹인다. '뒤죽박죽' 자는 아이들 곁에 누우면 "꾸게꾸게 밀어 넣었던" 눈물이 베개를 구른다. 집 안팎, 농사와 육아의 고통은 눈물조차 사치스럽게 만드는 셈이다.

위의 세 작품은 특정 시골을 정위 장소로 삼은 말할이가 겪는, 고된 나날살이를 보여 준다. 그것은 가사 노동에서부터 바깥의 농사 현장까지 걸쳤다. 힘

든 시댁살이며 혼인상이다. 부풀림 없는 육아 환경
까지 거든다. 말할이가 겪는 것은 외적인 고통이다.
곧 주체 바깥에서 주어져 안쪽으로 마구 밀고 들이
찬다. 지나간 전근대 시기, 시집살이 노래의 고난상
이 새삼스러운 정황이다.

　①부산에서 마산 다시 성당 마을까지 하루 두 번 들
고나는 완행버스 주말마다 타고 밥하는 거 빨래하는
거 모 심는 거 콩 타작 배웠다 수첩 뜯어 방 부엌 마루
네모 칸 지르고 -(줄임)-

　니 같은 딸년 꼭 둘은 하시던 아부지 옴마 등에 지
고 뻘구데기 동네 치마 움켜잡고 까치발 했다 방아 찧
고 마구 치고 비탈밭 멍에 매고 강에 이불 빨래 일이
늘지 않아 왜 나였느냐 물었다
　밥 먹을 때 촌스럽더라고 탈탈 털지 않고 잘 먹더
라고
　그런 날
　툇마루 기댄 달은 비 샌 벽지였다

-「니가」 가운데서

　②밥은 -(줄임)- 목을 타고 넘어가 대장으로 항문으

로 차곡차곡 채입니다 삼일에 한 번씩 손가락으로 파
냅니다 입구를 열면 똥들이 밀고 나옵니다

　낯선 여자가 얼렁거리는 거 싫어하셔서 제가 곁에
있습니다 빚이 많으니 갚는 게 맞지요 제 일입니다

　와 그리 우악스럽노 여자 손이

　죄송합니다 사는 게 그래서

-「괄약근」 가운데서

　①은 말할이가 시골로 시집을 가서 살게 된 과정을
담았다. "저물녘은 발자국 소리로 모를" 키운다는 빼
어난 시줄을 앞세웠다. 시골살이를 결심했을 때 가
졌던 기대와 포부가 담긴 자리다. 그미가 간 곳은 경
상남도 의령군에서도 지정면 '성당 마을'이었다. "부
산에서 마산 다시" '뻘구데기' 그곳까지 "하루 두 번
들고나는 완행버스"로 주말마다 가서 일을 익혔다.
친정아버지의, "니 같은 딸년 꼭 둘"이 나올까 두렵
다는 만류와 노여움을 물리치고 간 시댁이다. 그렇
듯 아버지를 아프게 후벼 파고 갔던 시집살이는 말
할이의 기대와 예상을 멀리 넘어섰다. 가장 아팠던
일은 "방아 찧고 마구 치고 비탈밭 멍에 매고 강에 이
불" 빨래하는 집안 안팎의 노동이 아니었다. 바깥으
로만 늘 도는 남편. 그 탓에 그이 빨래가 늘어날 까

닭이 없다. 그런 남편에게 말할이가 '사랑'을 물었다. "왜 나였느냐"고. 되돌아온 답은 사랑이 아니었다. "밥 먹을 때 촌스럽더라"는 대답은 사랑을 확인하고 싶었을, 절벽 위의 말할이를 다시 아래로 밀어뜨렸다. 기다림과 포부가 한꺼번에 "비 샌 벽지"처럼 찢어져 밟히던 나날이다.

②는 늘그막 친정아버지를 이음매로 말할이가 겪는 시집살이의 고통을 다시 한번 드러낸다. 돌아와 병구완을 해야 하는 자리에서 바라보는 아버지의 늙음과 병환에 누구보다 커다란 빌미를 주었으리라는 자책에 시달리는 말할이다. 그 딸을 낯선 곳으로 시집보내고 마른 장작처럼 넘어지신 것일까. 아버지 병구완은 자신이 기꺼이 맡을 몫이라 여길 수 있다. 그러한 말할이는 "와 그리 우악스럽노 여자 손이"라는 아버지의 안쓰러운 딸 걱정에 "죄송합니다 사는 게 그래서"라 받는다. 그렇게 살지 말았어야 했다. 끝내 아버지에게 잘 사는 모습을 보여 주지 못한 죄책감에 갇힌 딸이다. 정신적 고통은 외적 상황이 직접 주체에 작용하는 것이 아니다. 주체가 그 상황을 특정하게 인식한 결과다. ②는 말할이가 지닌, 아버지를 향한 죄책감이라는 특정 인식이 그미를 고통스럽게 만들고 있음을 보여 준다.

살핀 바와 같이 구자순 시의 말할이가 머물고 있는 농촌은 군 단위에서도 시골로 들어선 곳이다. 그미 시가 눈길을 준 외적 고통은 쉽게 벗을 수 없이 항상적이다. 그런 그미에게 내면적 고통까지 덮친다. 자신의 기대와 현실 사이 거리가 너무나 먼 탓으로 말미암은 좌절과 죄책감이다. 어디서부터 어떻게 풀어야 할지 모를 외적 고통과 내적 고통에 휩싸인 말할이다. 실질에서 사람이 겪는 고통의 원인은 여럿이다. 외적 원인과 내적 원인으로 단순화되지 않는다. 그것이 모든 이에게 주어지는 전반적인 고통인가, 그렇지 않고 어떤 계기로 말미암아 한시적으로 겪는 특정적인 고통인가로 나누기도 쉽지 않다. 구자순 시의 주체가 겪는 고통은 외적 고통과 내적 고통, 전반적이면서도 특정적인 고통에 다 맞물려 총체적이다.

　외적 고통을 대표하는 것은 도시 출신자가 농촌 시집살이에서 겪는 어려움에서 말미암는다. 가사에서부터 농사에 이르기까지 걸친 그러한 농촌 노동은 말할이가 일찍이 겪어 보지 못한 것이다. 거기다 말할이만 겪는 어려운 시집살이라는 특정 조건까지 더한다. 내외적이라는 점에서 심대하고, 특정적이라는 점에서 압도적인 고통 현상이다. 대응이나 해결 방식 찾기가 쉽지 않다. 그리고 그것은 현실 곳곳에서 넘치듯 흐르는 다른 고통과 섞이고 겹치면서 더 커다란 아픔의 아가리를 벌린다. 읽는이가 맞닥뜨리는 놀라움은 그러한 고통의 견줄 데 없을 강도와 무거움이다. 그것을 두고 시인은,

> 11월 바람이 남강 건너 생일도 없는 방에 불어
> 허리 수그러지더니
> 꼬리뼈가 자란다
> 그녀
> 네 발로 운다
>
> ─「경칩」 가운데서

고 썼다. 사람이 짐승이 된 상태다. 구자순 시인의 서정 주체는 총체적 고통이라는 지향 배경 위를 네 발 짐승처럼 기며 산다.

3. 고통의 지향 상태와 네 조건

고통은 사람이 벗어나기를 바라는 대표적인 삶의 문제다. 온전한 삶과 환경에 대해 위험이 왔다는 신

호. 그것이 드러내는 바가 무엇인지 알아, 참고 견딜 수 있는 것인지, 벗을 수 있는 것인지 살필 마련이다. 자신의 뜻에 따른 고행도 있는 까닭이다. 외적 고통이든 내적 고통이든 거의 모든 경우, 원인을 알 수 있다면 그것을 없애거나 다스릴 방안 찾기는 어렵지 않다. 그러나 고통은 복합적이며 누적적이다. 갖은 격정과 정신병리를 불러 온다. 원인을 모를 경우가 더 많다. 풀 길 또한 쉽지 않다. 구자순 시의 주체는 농촌 시집살이의 고된 노동이라는 외적 고통과 한 여자로서 겪는 내면적 고통이, 항시적인 농촌 환경과 특정적인 가정 사정이 한꺼번에 뭉쳐 흐르는 총체적인 고통의 격동에 시달린다. 그것을 깊이 들여다보기 위해 안쪽의 구체적인 지향 상태를 따질 필요가 있다. 글쓴이는 지향적 존재로서 사람이 놓인 근본적인 네 조건에 눈을 둔다. 곧 위계, 장소, 정체성, 그리고 시간이다.[4]

---

4 지향 상태를 따지기 위해 이 자리에서는 정신병리학자 플라칙 (Plutchik)과 동료들이 정서와 순응을 유기체의 보편적 문제로 추론하기 위해 내세운 네 잣대를 끌어다 쓴다. 곧 위계, 영역성, 정체, 시간성이 그것이다. 다만 영역성 문제는 사람에게서 장소라는 실존 조건으로 묶을 수 있다. 김경희, 『정서란 무엇인가』, 민음사, 1995, 33-35쪽.

1) 위계 파괴와 분노

위계는 수직 차원의 사회심리, 생태 개념이다. 지배와 복종, 권위와 동의라는 구조가 위계를 구성한다. 이것은 나이, 성별, 계층과 같은 여러 수준에서 실천된다. 이때 지배 위계는 타자보다 더 권력/권위를 지닌다. 위계에 따라 정서 성향도 다를 수밖에 없다. 사람들은 살면서 늘 이러한 위계 현실에 맞닥뜨리고 그에 대처한다. 문제는 주체와 타자 사이에 위계가 마땅하게 작동하지 않을 경우다. 권위와 동의라는 화해로운 관계가 아니라 지배와 복종이라는 굳어진 주종 권력 관계만이 강조, 강화할 때는 충돌과 대립, 갈등은 벗기 어렵다. 그에 따른 분노와 공포, 불안이라는 고통 현실은 필연적이다. 구자순 시의 주체는 가족 관계나 사회 관계 모두에서 지배 위계로부터 일방적으로 고통을 겪는 종속 위계로 한결같다.

①고아라 소리 방문 튀어나오면 남강에 그물 친다 가마솥 씻어 참기름 타다닥타닥 뽀얀 국물 몸속 물꼬 도랑을 타고 -(줄임)- 그리 살면 쪽박 찬다 안들이 칠칠치 못해 밖으로만 돈다 나가라 니 손에 밥 안 먹는다 곡기 입에 대지 않고 술 받아오라 하늘 주먹질 대

병 소주 박스 떼기로 이고 와서 속말하며 마루에 탕
놓는다 손가락 들 힘도 다 쏟고 잠 베고 누우면 쇠울
음에도 꿈쩍 않고 방에 묻힌다

가물치 문 여신다

-「열흘씩 도셨다」 가운데서

②아버님 남자를 낳고 남자는 딸을 낳았다

-(줄임)-

소를 사랑하는 아버님 정성으로 쇠죽 끓인다
-(줄임)-
새 자전거 타고
집 나선다
돌아오는 길은 취해 있고
가끔 길에 쓰러져 업혀 오곤 한다
-(줄임)-
몸 열심히 씻고 제 옷 다림질하지만
바지에 주름은 세우지 않는 남자
개는 사랑하지만
개밥은 챙기지 않고

돌아오는 길을 잃어버리기도 한다

-(줄임)-

옷 색깔이 어울리지 않으면

참지 못하는 딸은

소도 개도 좋아하지 않고 쇠죽도 개밥도 챙기지 않

는다

길을 나서도

저녁이면 꼬박 집에 돌아온다

셋 다 붉다

-「핏줄」 가운데서

①은 시아버지와 며느리 사이 강압적인 위계를 담
았다. 평소 가물치를 고아 드는 보양 버릇을 지닌 시
아버지다. 그를 위해 명이 떨어지면 힘을 다해 가물
치를 대접한다. 그러나 그것을 자시고 힘쓰는 곳은
다른 데가 아니라 며느리 타박이다. 남편이 '밖으로
만' 도는 까닭도 "칠칠치 못"한 며느리 탓으로 돌린
다. 며느리가 차린 밥상을 받지 않겠다는 분이 가물
치곰은 잘도 든다. "하늘 주먹질"로 익숙한 술만 찾
는 시아버지를 위해 "대병 소주 박스 떼기로 이고"
오니, "손가락 들 힘"까지 다 쏟은 듯한 며느리다. 그렇게라도 잠들면 다음날 다시 시작하는 시아버지 타박.「열흘씩 도셨다」는 농촌 가정에서 보여 주는 시아버지와 며느리 사이 수직 위계와 그것이 마땅하게 작동하지 않는 정황을 그렸다. 말할이인 며느리가 겪는 것은 외부 고통이다. 그런데 사랑하고 사랑받아야 마땅한 시아버지와 며느리 사이, 원만하지 않은 위계 혼란으로 말미암은 분노와 좌절은 버릇처럼 같이 찾아온다. 말할이가 겪을 내적 고통까지 무겁다.

②는 말할이가 맞닥뜨린 위계 혼란이 시아버지와 며느리 사이만 아니라, 한 핏줄인 시아버지, 남편, 딸까지 3대에 걸쳤음을 일깨운다. 시아버지와 비슷하게 남편 또한 아내와 내외의 수평 위계에 위기를 불러들인다. "개를 사랑하지만/개밥을 챙기"지 않듯이, 모든 일을 아내에게 맡긴다. 남편과 아내 사이에 이루어질 원만한 수평 위계는 꿈일 따름이다. 남편 핏줄을 이은 딸조차 엄마와 딸이라는 수직 위계에서 볼 때 마땅치 않다. "처박아 구겨진 옷도 군말 없이 입지만" 색깔이 어울리지 않으면 까탈을 부린다. 그리하여 따로따로인 가족, 그 삼대가 "다 붉다"고 말할이는 맺는다. 위계를 제대로 세우지도 지키지도 않고 사는 한 핏줄 내림이라는 뜻이다.

앞선 ①과 ②는 가족의 수직, 수평 위계가 서지 않아 겪는 아픔을 담았다. 그러한 상황을 버릇처럼 맞닥뜨리고 사는 여성 주체의 고통스러움은 타자의 일방적인 권력이나 위계 폭력에 마땅히 대응할 길이 없다는 열패감으로 더한다. 자신의 무력함을 받아들일 수밖에 없는 상황이다. 이에 견주어 아래 두 편은 아이 양육 환경의 어려움을 앞세워 가족 위계의 위기를 보여 준다.

> ①머리 위에 씌운 큰 종
> 아버님
> 당 당 당 당
> 어머님 온종일
> 작은 종
> 당당 당당 당당 당당
> 혼쭐 빠진
> 젖
> 빨아
> 두 시간씩 우는 대밭
> 응애응애
> 우 엉 우 엉
>
> -「안개」가운데서

②머리 깨질 듯 울음소리 젖 물리다 업어 달래다 한
밤중에도 깨운 대밭 스걱서걱 젖통 크니까 양 많을 거
라 짜보면 물젖 아니고 참젖이니 옹골질 거라 성질 배
릴까 시간도 딱딱 젖꼭지 새끼손톱 반만 한 게 빨아도
안 나와 울다 넘어가는 걸 성질만 더럽다고
　　얼마나 입이 아팠을지
　　아빠가 빨아야 꼭지 뚫린다는데
　　아빠는 보이지도 않아
　　젖에 입맛 든 아이 분유 먹지도 않아
　　　　　　　　　　　　　　　-「한별이」 가운데서

　①은 '이중의 나날'을 겪는 여자의 고통을 그렸다.
낮에는 농사 일로 혼쭐나게 바쁘다. 잠시 "궁둥이라
도 붙일라치면" 시아버지의 "큰 종"에 시어머니의
"작은 종" 두 채근질이 덮친다. 그런데도 아이들은
자란다. 그미의 "혼쭐 빠진/젖을" 빠는 아이인들 어
찌 온전하겠는가. 줄창 울어대는 통에 다른 가족 깰
까 보아 방을 나서 뒤란 대밭으로 들어가 잘 나오지
도 않는 젖을 빨린다. 그래도 쉽게 가라앉지 않는 아
이 울음에 얹혀 말할이 또한 "우 엉 우 엉" 울 따름이
다. 소울음이다. 지친 가사 노동과 양육으로 "혼쭐

빠진" 나날의 심사란 자신이 소 탈을 쓴 소와 같다는 아픈 자의식이다. 집 바깥의 고된 하루와 집 안의 힘든 하루를 끊임없이 겪는, 이중의 나날이 그미가 겪은 고통의 줄거리다. 그런 하루하루를 시인은 사람도 소처럼 헤맬 수밖에 없는 '안개' 속의 나날이라 썼다.

②는 어머니로서 겪는 위계 혼란에 눈을 두었다. "새끼손톱 반만 한" '젖꼭지'로 잘 나오지 않은 엄마 젖을 빨면서 아이는 울다가 넘어갈 지경이다. 아버지가 빨아주면 꼭지 뚫린다는 젖꼭지건만 늘 집 비운 아버지는 올 기척이 없다. 오로지 혼자 몸으로 아이를 키우면서 혹시나 잘못되면 어떡하나 시름만 포개진다. 위아래 시댁 어른과 며느리 사이뿐 아니라 남편과 아내 사이에서도 제대로 된 위계가 자리 잡지 않았다. 그 결과를 자식들이 고스란히 감내하게 된 셈이다. 그런 아픔은 시댁뿐 아니다.

  다섯 명 가서 네 상 받은 점심 밥값
  동생 옥이가 낸다

  진양호 발치 친정 참기름 깨소금 챙길 때
  봉투 두 개 챙기는

아버지 둘째 딸 옥이

나는 화끈거리는 얼굴을 견딘다

패밀리 이름뿐인 패밀리에서 화이트 한 병 산다

집 밑 강가에서 홀짝이다

남강에 화이트를 풀고 들어간다

-「어버이날」 가운데서

'어버이날'을 맞아 모처럼 친정 가족이 모였다. 밥도 같이 먹고 친정집까지 들렀다. 그런데 점심 값조차 첫 딸인 말할이가 내지 못했다. 둘째 딸인 동생은 어버이 용돈까지 챙겼다. 기껏 말할이는 친정에서 가져갈 "참기름 깨소금"에나 손을 두는 몸이다. 한 동기 안에서도 위계가 서지 않은 일이다. 그런 현실을 얼굴 화끈거림으로만 감당할 수 없다. '패밀리'라 하건만 "이름뿐인 패밀리"로서 자신을 향한 자괴감이 컸을 것이다. 말할이가 할 수 있는 일은 돌아와 "집 밑 강가에서" 고작 술을 홀짝거리는 일이다. 남강 물에 뛰어든들 어찌 그러한 자괴감과 분노를 벗을 수 있을 것인가.

분노라는 고통은 타자의 행동에서 말미암은 실망에서도 일어나고, 이루어지고 있는 행동이 막혔을 때도 온다. 지닌 소유물이 손해를 입거나 몸에 상처를 입어도 생긴다. 그러나 더 중요한 원인은 자기 존중감의 상실이다.[5] 한 여자로서, 시댁의 며느리로서, 아내로서, 아이들 어머니로서 위계에 걸맞은 안정감과 역할을 다할 수 있을 환경이 아닌 곳에서 겪는 열패감은 깊이를 재기 힘들 것이다. 어느 하나에서도 자신의 위계에 걸맞은 마땅한 대접을 받을 자리는 없다. 그저 정신없이 혼쭐을 놓은 듯이 돌아갈 따름이다.

이러한 고통을 벗을 길은 없는 것일까. 그러기 위해 자기 권위를 강변하거나 복수하는 길이 있다. 다른 사람의 행동을 변화시킬 수 없다면, 타자를 파괴시키는 길도 보인다. 그러나 그들 모두는 분노와 공격성을 타자의 것으로 되돌리는 일이다. 어느 하나도 될성부르지 않다. 그러하니 정신장애까지는 가지 않더라도 안에서 끓는 높은 강도의 분노와 공격성은 오히려 자신을 갉아먹는 고통의 진앙으로써 몸집을 불가사리처럼 키운다. 구자순 시가 그려 담은 고통이 한 개인이 덜어내기 힘든 무게를 지닌 점도 그로부터 말미암는다. 자기 파괴로까지 서슴없이 치달

---

5   김경희, 위의 책, 234쪽.

을 것 같은 분노와 열패감을 희석시키기 위해 얼마나 많은 그미들이 남강 물에, 얼마나 자주 화이트 소주를 가져다 부어야 했을 것인가.

2) 장소 상실과 무기력

사람은 장소를 바탕으로 통로를 찾아 구역을 만들고 영역을 이루어 나가는 장소 의존적 존재다. 자신의 장소가 침범당하거나 훼손되면 생존에 잠재적인 위협이라 느낀다. 통제 상실 환경이 되는 까닭이다. 장소 가운데서 실존적 조건이 되는 것이 중심 장소다. 사람은 몸이든, 집이든, 또는 믿고 따르는 이념이든 중심 장소를 갖게 마련이다. 일반적인 중심은 집이다. 자기 권리를 주장할 수 있는 특정하고 아늑한 장소 점유는 거기서부터 말미암는다.[6]

장소 문제로 볼 때 구자순 시의 여자 주체는 주로 고향 진주와 시집살이로 옮겨간 의령이라는 두 영역이 중심이다. 한 곳은 도시며, 한 곳은 시골이다. 격차가 좁다고는 하나 둘 사이 경계는 단순히 지리적, 산업적인 데에 머물지 않는다. 그 안쪽의 사회심리,

---

6 폴 투니어(편집부 옮김), 『인간 장소의 심리학』, 보이스사, 1983, 41쪽.

개인심리에도 뚜렷한 차이를 드러낼 것이 뻔하다. 장소 문제로 볼 때 구자순 시의 주체가 겪는 핵심 고통은 자신이 잘못된 곳에 놓여 있다는 장소 착오 감각이다. 그것은 주체를 뿌리 없는 상태로 내던진다. 장소 착오는 곧장 장소 상실로 이어지는 셈이다. 주체 바깥에서 타자의 의해 이루어진 배제와 추방의 감각뿐 아니라 스스로 낯설고 놀라운 새 환경을 자기 자리로 받아들이지 못하는 인지 불일치를 버릇처럼 거듭한다.

①태풍이 올라온 암남동 물막이 거닌 게 전부였다
영화도 찻집도 없이
좋다 살자 없이
완행버스를 탔다
등을 펴게 해주고 싶었다
엄마 눈에
눈물 쏟게 하고 들어섰다 성당마을
　　　　　　　　　　　-「남강 들어서다」 가운데서

②혼인은 내 자리가 생기는 거다 자리는 떠다니는 나를 가라앉히겠지 의심하지 않았다 들어가서야 사이 자리에 끼어 발 뻗는 일이구나 알게 된다 고방이

어딘지 잠뱅이가 뭔지 알지도 못하는 말에 후닥후닥
본동 띠기 딸이라는데 눈웃음 콧등을 치는데 지들끼
리 이야기에 끼어들 수 없다 -(줄임)- 동리 소문도 지
나간 여자도 순서대로 나온다 네 살 우 진료소 여소장
꼬신 날부터 떠나간 병원까지

-「새 며느리」 가운데서

①은 말할이가 시댁 마을로 들어서는 과정을 담았
다. 어려운 살림에 "대학 꿈"을 접은 뒤다. 그러다 남
편을 만났다. '농사꾼이' "근본인 세상"을 향한 바람
을 받들며 살면 되리라는 기대와 포부 탓이다. 남들
다 하는 연애 과정, "영화도 찻집도 없이/좋다 살자"
도 줄인 채 시댁 마을로 들어서는 완행버스를 탄 것
이다. 그 일은 "엄마 눈에/눈물 쏟게" 만든 길이었다.
엄마 눈물을 밟고 다른 남자의 "등을 펴게 해주고"
싶다는 꿈을 단단히 두 손에 쥐었던 그미다. ②에서
말하듯이 "혼인은 내 자리가 생기는 거"라고 믿었다.
자기 정위에 대한 한 치의 의심도 없다.

그런데 혼인하고 시댁 마을에 살면서 깨달았다. 새
로 만든 "자리는 떠다니는 나를" 가라앉혀 줄 곳이
아니었다. 기껏 그들 "사이 자리에 끼어 발 뻗는 일"
일 뿐이다. 거기다 남편은 자기 자리만을 굳건히 지

켰다. 그 점은 마을 사람들이 들어라는 듯이 말해 준 남편의 "지나간 여자"들 편력의 입방아 정도는 무색하게 만드는 아픔이었다. 무엇인가 잘못 되었는데, 어디서부터 비롯한 것일까? 내 장소는커녕 남편마저 믿을 수 없어 내던져진 말할이다. 남편에게도, 시집에서도, 시집 마을에서도 뿌리내리지 못한 자신을 보는 주체의 고통이다. 그나마 잡을 지푸라기라도 있다면 그것은 내외의 사랑 인연이었다.

①내외는 싸워도 한 방에서 자야 한다
한 이불 덮고 같은 베개 베고
-(줄임)-
추워서 깨어 보면
남편은 둘둘 말아 고치잠
나는 맨 땅에 새우잠
-(줄임)-
시작하면 두 시간 아이 울음 탓인지
각방살이 내림인지
어머님 창원 가시면
남편은 잠자리 옮겨가

-「고치잠」 가운데서

②리모컨 꾹꾹대며 돌아눕는
텔레비전 앞은 그의 자리
아버지 어머니께 상처 입히고
찾아간 그 곁 내 자리

닿고 싶어 건네던 발목 탁 쳐
부르지도 않았는데
멋대로 발모가지가
이후론
내밀지 않았다

아이 낳은 몸이 돌아오고도
열 달 찾지 않다가
무슨 바람이 부는
그런 밤엔
손목이 건너와
자기 자리로 끌어 올린다

건너가는 자리는 새로운 일터
수를 세고
리듬을 타고
눈은 듣고 귀는 보고

아침 밥상이 나뒹굴지 않으려면

신호가 올 때까지

쉴 수가 없다

-「한 이불에도 있는 자리」

①과 ②는 혼인 생활로 말미암은 고통을 담았다. 내외는 한 방에서 자야 한다는 배움에 따라 한 방을 썼지만, 남편과 한 이불의 따뜻한 잠으로부터 쫓겨난 됨됨이를 보여 주는 작품이 ①이다. 추운 "맨 땅에 새우잠"으로 한결같다. 거기다 기회만 생기면 남편은 다른 방으로 옮겨 가버리고 덩그러니 아이들과 남는다. 한 방에서도 '각방살이'하듯 살아가는 말할이의 장소 위기가 고스란히 보이는 그림이다. 한 방에서도 아내와 남편 사이는 물론 내 자리는 없다.

②에서는 그러한 장소 위기가 내외 성에 그대로 재현된다. 모처럼 용기를 내 남편과 사랑을 나누고자 했으나 한달음에 거절당한 여자의 참담한 모습을 그렸다. 아내에게 되돌아온 답변은 "부르지도 않았는데/멋대로 발모가지"를 내민다는 차디찬 거부였다. 여자의 성은 남자의 시혜를 기다려야 하는 것이라는 전형적인 남성 중심의 성관념이 또렷하다. 그 일 뒤로 말할이는 남편에게 사랑을 청하지 않았다. 그러

한 아내와는 아랑곳없이 남편은 마음 내키는 대로 일방적인 성을 누렸다. 그 경우 조금이라도 거슬라치면 다음 날 아침 밥상이 날아가는 다른 폭력을 겪어야 했다. 남편과 아내가 합환의 자리로 가꾸어 가야 할 성은 아내에게 "새로운 일터"일 따름이다. 남편의 심기에 맞추어 같이 놀아주어야 하는 슬픈 목각 인형. 한 여자의 인격이 철저하게 사물화되어 버린, 성적 소외가 참혹하다.

　　손찌검 오고 가고 하나 둘 셋
　　주먹 오고 코
　　피 쏟으며 엎어지던 등
　　위로 발길질
　　그렇게 왔다

　　허연 낯빛으로 불었다
　　책상 옷장 비디오 오디오 텔레비전 치고
　　그릇장 냉장고 치고
　　-(줄임)-

　　신혼사진까지 휘감아 올려 땅에 때기를 쳤다
　　붙들려다가는 말려 올라가

어느 논구렁에 처박힐지도 모르는 바람

우는 아이 품에 안고
쳐다보고 있었다
지나가지 못하게 차 열쇠 쥐고
부은 코
피 닦으며 서 있었다

　　　　　　　　-「돌개바람」 가운데서

　맨날 나도는 남편이 또 어떤 거센 바람으로 각방
살이 아내를 휩쓸지는 알 수 없다. 위 시 「돌개바람」
은 그러한 남편이 몰아치는, 한바탕 집안 '바람'을
보여 준다. "손찌검 오고 가고" "주먹 오고" "엎어지
던 등/위로 발길질"을 이었다. 그것은 세간살이로
건너가 텔레비전, 냉장고, 세탁기를 거치고 "창문 창
창" "유리 문문"으로 거세게 휘몰아친다. 재울 수 없
을 남편의 폭력을 겪으며 말할이가 할 수 있는 일은
더 큰일로 불붙지 않도록 차 열쇠만은 꼭 쥐는 일이
다. 그리고 그 자리, "우는 아이 품에 안고" 선 밑바
닥조차 말할이의 것이 아니라 아이들 자리다. 단순
한 내외 불화를 넘어선 존재론적 장소 상실을 겪는
상황이다.

구자순 시의 주체는 어디에서도 아늑한 자기 중심을 갖지 못한 장소 착오와 장소 상실의 고통을 껴안고 산다. 세계 안쪽 존재로서 사람의 장소는 무엇보다 통로를 따라 영역 안쪽의 도달 가능성에 기댄다. 구자순의 서정 주체는 기본 장소인 집에서부터 불안정하고 낯설다. 안정은 늘 위협받는다. 나날살이 시댁살이 시골은 화평을 위협하는 익명의 공간, 배제의 장소다. 그런 가운데서 사적 생활이 숨 쉴 수 있을 리 없다. 끝없는 침입과 혼란으로 집다운 아늑함이 깨진, 지속적인 장소 위기가 만연하다. 바깥과 맞서거나 경계를 지어 보다 좁고 아늑한 자기 내적 중심 장소를 만들 가능성은 사라졌다.[7] 그 뒤에 남는 것은 일찍이 "아버지 어머니께 상처 입히고/찾아간 그 곁내 자리"가 이럴 수밖에 없었던가라는 낙망과 비탄, 자신을 향해 메아리치는 자가 처벌의 회초리 소리였을 것이다.

3) 정체성 혼란
구자순 시가 담고 있는 고통의 세 번째 지향 상태

---

7   볼노브(오인택·정혜영 옮김), 『교육의 인간학』, 문음사, 1989, 142쪽.

는 정체성 혼란이다. 위계 혼란과 장소 상실을 겪은 이로서 당연한 귀결이다. 정체성은 자기라는 사실, 자기의 존재 증명, 참된 자기다. 이것은 두 가지를 뜻한다. 곧 자기의 독자성, 연속성, 불변성의 감각이 하나다. 일정한 대상이나 집단 구성원 사이에 인정된 역할의 달성, 공통된 가치관 공유를 이음매로 얻은 연대감, 안정감에 바탕을 둔 자기 가치와 잠정적인 자기상이 다른 하나다.[8] 나와 타자를 나누고 역할에 대한 자긍심을 갖게 하는 기본 구조가 자기 정체성이다. 집단 차원에서 이것은 수용과 배척이라는 방식으로 드러난다. 누구를 구성원으로 받아들이고, 누구를 밖으로 내몰 것인가를 결정하는 것이다.

①한 달에 스무 날 한뎃잠
사람 사업 바빠 몸 축나지 않을까
걱정되고
밥 안 먹었어 지나가는 말에도
한밤중 방아 찧어 더운 밥상 차렸다

---

8   빅터 E. 프랭클(이봉우 옮김), 『심리료법과 현대인』, 분도출판사, 1979, 219쪽.

늦게 든 잠 깨울까

첫 닭 울 때

아이 업고 대밭 오르내렸다

같이 있다는 사람에게서 찾는 전화가 오고

있지도 않은 행사에 참석한다

동구 밖에서

방문 안으로

마중 길이 짧아졌다

-「콩깍지」 가운데서

②온 지 얼마나 됐다고 대산 돌 다방 김양

불쌍해서 못 보겠다네요

아부지 병원비 동생학비에 신세 조졌다고

오빠 노릇에 바빠요

언제부터 누이라고

한밤중에도 달려가요

수도만 고칠까요

거시기도 고치고

청소하고

문단속하고

수박 돈도 가겠죠

그러고도 남은 마음
남지 유채 나들이 가요

봄 없이 하우스 골을
땅강아지처럼 구르는
우리는요
삼 년 째 깜빡이는 우리 마루 형광등은요

마누라는
환삼덩굴 풀밭이랍니다
발 밀어 넣으면
발목에 붉은 줄 죽죽 그어진다고

처음부터 그러진 않았어요
환삼도 어린잎은
얼마나 부드러운데요

-「우리 남자」

①은 아내 역할에 충실한 말할이와 그에 벗어난 남편 사이 갈등을 보여 준다. 누구보다 남편에 헌신하고 애쓰는 아내다. 자신이 믿었던 혼인상에 걸맞은 노력을 다한다. 그럼에도 남편은 자꾸 엇박자를 놓

는다. 혼인부터가 정체성 위기를 겪는 대사다. 그럼에도 그러한 변화를 받아들이고자 하는 아내와 거꾸로다. 기다려도 오지 않는 남편 마중의 걸음은 "동구밖"에서 "방문 안으로" 자꾸 짧아졌다. 말도 섞기 싫은 상태에 이른다. 긴장된 포기 상황이다. 사랑의 '콩깍지'를 아직 뒤집어쓰고 있는 아내에게 실망과 배신감은 낮밤에 걸쳤을 것이다.

②는 불성실하고 무책임한 남편 모습을 다른 눈길로 담았다. 외도가 그것이다. "하우스 골을/땅강아지처럼 구르는" 아내 처지에는 아랑곳없이 "대산 돌 다방 김양"에게 향하는 남편의 열정은 한결같다. 언제부터 기둥서방이라고 "한밤중에도 달려"가는 남편을 보면서 억장이 무너졌을 아내다. "수박 돈은/은하수 건너 은하수다방으로 마산으로 흐르고/다방 여자들은 왜 다 불쌍한지 지가 아니면 안 되는지"(「개도 이름이 있어요」)라는 탄식은 그러한 남편의 불성실이 단기간의 일이 아님을 말해 준다. 지키고 싶었을 최소의 자기 정체성마저 짓밟힌 아내.

①과 ②에서 드러나는 고통은 남편의 한결같은 폭력으로 말미암아 여자 주체가 겪는 정체성 파괴다. 아내는 많은 여자 가운데 한 사람으로 사물화한 상태다. 아내를 끌어잡았을 깊은 절망과 소외감을 짐

작하기란 어렵지 않다. 내외간으로서 지녀야 할 공통의 목표나 믿음, 일체감과 참여 의지를 떠올리는 일은 사치에 지나지 않는다. 무력감과 무관심, 공허가 안개처럼 짙게 깔린 삶자리다.

①쑤시방태기 머리 빗고 지정면 행사에 가면
어떻게 저런 여자가
그이 안들일 수 있느냐고 쑤군거렸다
어디쯤에서 나를 홀렸을까
술래가 되어 찾아 나서야지
늦지는 않았을까

-「단방구」가운데서

②하우스 돈 해서 혼자 다 쓰고 다녀도 무겁다 내놓는 동전들 모아 지폐 만들어 니 호주머니에 넣어주던 그게 내 사랑이었다 얼마나 쉬운 여자고 징겅징겅 밟아도 언젠가 돌아보겠지 니 등만 바라본 세월이 또 얼마고 니는 끝까지 니밖에 없더라 -(줄임)- 촌에 들어온 기 그렇게 죽을죄가 니 사는 거 맘에 안 들어 아버님 툭하모 밥상 던지고 툭하모 내 집이다 나가라 하고 나중엔 니한테 콩고물 떨어질까 제대로 살기가 싫더라 그래서 그랬다 나도 꽃이다 앞으로 절대 내 몸에

손대지 마라 했다 씨 하면서 떨어져 나가데 -(줄임)-
니는 니대로 내는 내대로 그리 살자 싶었다 더 이상은
내가 불쌍해서 안 되겠더라

-「찔레꽃」 가운데서

　①은 "아이가 셋이나 나고" 자라는 세월을 거치면
서 남편을 찾으러 쏘다녔다는 말할이를 보여 준다.
"부러진 허리로/아픈 무릎으로" 그이를 찾으려 한 뜻
은 사랑을 구걸하거나 화합하기 위한 일이 아니다.
"끝내려 찾아다녔다." 그러나 남편은 잡히지 않는 어
릴 적 술래잡기 놀이의 술래였다. 이제 그런 '놀이'를
끝내려 한다. 그런 나를 보고 타자들은 "어떻게 저런
여자가/그이 안들일 수 있느냐"고 수군거렸다. 내 고
통에는 아랑곳없다. 그러한 수군거림은 말할이가 그
이뿐 아니라 둘레 사람과도 내집단으로 공존하기 어
려운 관계였음을 뜻한다. 그러다 말할이는 깨닫는
다. 술래를 찾을 수 없는 술래잡기에서 정작 찾은 것
은 언제부터 "어디쯤에서 나를" 흘러버렸다는 사실
이다. 그이 찾기 술래잡기는 오히려 자기를 찾는 걸
음길이었다. 말할이의 혼잣말 "술래가 되어 찾아 나
서야지/늦지는 않았을까"라는 자문자답은 고스란히
자기 정체성을 향한 새 자각을 뜻한다. ①이 곁으로

내보이는 사건은 특정 내외 사이 불화다. 그러나 그 속은 정체성 파괴와 소외에 맞닥뜨린 여자 주체의, 뒤늦은 회복 노력인 셈이다.

② 또한 ①과 비슷하다. 다른 점은 자기 정체성에 대한 자각이 뚜렷하다는 사실이다. 나는 오랜 세월 "하우스 돈 해서 혼자 다 쓰고 다녀도 무겁다 내놓는 동전들 모아 지폐 만들어" 그이 "호주머니에 넣어주던" 그런 '사랑' 가득한 여자였다. "언젠가 돌아보겠지" 하며 그이 "등만 바라본 세월이" 길었다. 그런데도 "니는 끝까지 니밖에 없"다는 태도를 바꾸지 않았다. 그런 끝자리는 "니는 니대로 내는 내대로 그리 살자", "더 이상은 내가 불쌍해서 안 되겠더라"라는 자기 인식이다. 고통을 안기는 타자와 결별은 아니더라도 높은 경계를 치고 그 너머에서 따로 살자고 한 것이다. 말할이로서는 최소한 자기 정체성을 지키기 위한 방식일지 모른다. 그러나 그것은 경계 너머 자리에서 자기뿐 아니라 상대도 파괴시키는 길이다. 사랑하는 이와 위장 공존조차 막힌 꼴이다.

양로원 가는 길 가 팔다리 잘린 채 뿌리 붕대 감고 던져진 -(줄임)- 어스름 강도 살점 뜯어 청둥오리를 키워 살점을 뜯어 가며 무언가를 키우는 거 갈 데가

있는 거 누군가를 기다리는 거 간섭하는 거 다들 등을
보이며 걸어가 아무리 아프다고 소리를 질러도 돌아
보지 않아 더 이상은 싫어 1041번 국도변에 누워 있
어 아 물론 새 순도 내고 귀볼 뜯어대던 바람 수천 날
뿌리를 박기 위해서였지 겨우 발을 내렸는데 이런이
런 꽃까지 피웠는데 잊어버렸어 온 몸으로 웃어대고
꽃망울 한두 개 틔운 뒤태 같던, 깨 볶는 일 하나를 시
켜도 노랑노랑 얌전케 볶던 그 계집애를

-「배롱나무」가운데서

　길 가 베어져 넘어진 배롱나무에 얹은 주체의 상
태가 애처롭다. "팔다리 잘린 채 뿌리 붕대 감고 던
져진" 듯이 선 줄기, "다들 등을 보이며 걸어가 아무
리 아프다고 소리를 질러도 돌아보지" 않는다. 숱하
게 "새 순도 내고" "수천 날 뿌리를 박기 위해서" "겨
우 발을 내렸는데"도 내던져졌다. 남은 일은 줄기째
말라 죽는 일. 이제까지 살아오고 살아낸 나날이 헛
되다는 절망감에 사로잡힌 상태다. "깨 볶는 일 하나
를 시켜도 노랑노랑 얌전케 볶던" 말할이가 세월 흐
름에 따라 너무나 다르게 바뀐 모습이다. '나'가 뿌리
째 뽑혀 버려졌다는 고통스러운 현실이 무거운 그늘
을 펼친 시가「배롱나무」다.

꼼짝 않고 누워 있으면 괜찮아져

등이 배기고 뜨거워지지만

-(줄임)-

숨을 쉬어도 아프지만

가만히 있으면

다 지나가

-(줄임)-

살을 녹이고

뼈를 갉아

굴이 생기는 동안

안으로 기어들던 너를

나는 모른다

-「내 사랑은 그래」 가운데서

　정체성 위기로 말미암은 고통은 전반적인 삶의 의
욕을 꺾는다. 문제의 모든 원인을 자신에게 되돌리
는 무기력에 빠진다. 「내 사랑은 그래」는 그러한 모

습을 잘 보여 준다. 숨은 쉬어도 아픈 현실 속에서 "가만히 있으면" 괜찮아질 리가 없다. 그렇게 무기력하게 있으면 "살을 녹이고/뼈를 갉아" "안으로 기어들던 너"는 다름 아니라 내 '사랑'이다. 그리고 그 사랑은 온전히 내가 몸 바친 정체성이다. "나는 모른다"는 부정은 강한 긍정이다. 자신의 정체성이 사랑에 있었음을, 받아들여지지 않는 사랑에 몸 던졌던 자신을 향한 자가 처벌이 가만히 있기라는, 슬픈 표현에 담긴 셈이다.

4) 과거의 횡포

삶의 조건 가운데 하나는 시간이다. 태어나 자라 살다 죽는다는 일회적인 단위는 그러한 시간의 가혹함을 알려 주는 확실한 터무니다. 시간 속에서 삶은 기억을 빌려 현재를 든든하게 받치고 추억을 이음매로 앞날을 꿈꾼다. 그것을 집단 상징으로 굳힌 것이 사례(四禮), 곧 탄생, 성장, 혼인, 죽음과 같은 의례다. 그런데 무어니 해도 시간 속에서 겪는 가장 두려운 경험은 상실과 분리의 고통이다. 거기서 비롯한 확연한 슬픔이거나 비탄은 그것을 벗어나거나 재통합하기 위해 애쓴다는 뜻이다. 그러한 요구가 막힐 경우, 우울이라는 지속적인 고통을 불러온다.

기쁨 없는 삶. 기쁨은 재결함과 소유의 경험이다. 그 너머에 슬픔과 우울의 만신창이가 널부러져 있는 셈이다.[9] 구자순 시의 주체는 이렇듯 끝없이 해결되지 않고 되풀이하는 외상과 내상의 기억에 사로잡혀 산다.

①엄마와 오빠는 모시옷 입고 한낮 누대에 앉아 부채 바람에 더위나 쫓고 주인집 종 같은 예닐곱 살배기는 키보다 큰 들통 나리비 서서 새치기 북새통에 이리 툭 저리 툭 동우에 물 채웠다 엔가이 높아야 말이제 부엌 턱에 걸려 넘어졌다 무릎 까지고 눈앞에 별이 왔다 갔다 아인데 볕도 들지 않는 흙부엌 바닥 물 쏟았다고 칠칠치 못한 것 니 옷 벗어 닦아라 새파랗게 뛰어온다 어금니 앙다물고 무릎에 피나든 말든 아침에 입은 쉐타 새빨갛게 핀 동백 모가지 떨어지든 말든 홍건한 구석 물까지 자근자근 닦아 닦으라 하니 닦지 우레 칠 것까지야 저 저 저 년 하면서 곰방내 나는 부석 물로 부아 돋운 것도 모자라 속에 천불을 지른다고 그 작은 아를 안 죽을 만치 팼다 빗자루로 잘못했다 싹싹 빌던지 도망이라도 가면 와 지가 맞을 끼고 입 꼭 다

9   김경희, 앞에서 든 책, 35쪽.

물고 버티면서 매를 버는데 그래도 썸뜩한 기 벌말은
다시 못하겠더라고 간간 말씀하시지

　　커서 엄마가 되고
　　기억 속 엄마보다 더 나이가 들 때까지
　　아이는
　　모시옷과 쉐타에 갇혀 있었다
　　　　　　　　　　　　　　　　　-「아이는 꿈을 왜곡해」

　　②잠을 깨문다 퍼뜩 뜬 눈이 방안 샅샅 밝힌다 시계
문득 손가락질한다 창호지 너머 시커멓게 앉아 꿈틀
대며 가늘게 기어 온다 초침소리 보리 대궁 다섯 얹힌
숨통 뱉어 낸다 괘종 깊고 오래 떨린다 농협 네거리
마주 오던 손 발길질에 갇힌다 함께 가던 웃음들 머리
위로 지나간다 돌아보지 않는다 말리며 다가오는 손
사과는 받으라고 있는 거다 날아온다 가다 오고 가다
가 돌아오고 살짝 우아하게 슬쩍 괜찮은 척 손톱 박고
기어올라 치이익 뿌려 퉁퉁 불은 목덜미에 이빨이 자
꾸 자라 후다닥 문틈 노려봐
　　　　　　　　　　　　　　　　　-「아버지」 가운데서

어린 소녀가 살았다. '모시옷'을 입고 누대에 앉은

어머니와 달리 예닐곱 살배기 딸은 줄을 서서 물통을 채워 들고 집으로 돌아온다. 그러다 부엌 턱에 걸려 넘어졌다. 무릎 까진 아이의 아픔과는 관계없이 어머니는 칠칠치 못하다고 젖은 "흙부엌 바닥을" "옷 벗어 닦아라"고 다그쳤다. "어금니 앙다물고" "아침에 입은 쉐타"로 소녀는 부엌 "구석 물까지 자근자근" 닦는다. "싹싹 빌던지 도망이라도 가면" 되련만 빗자루로 "안 죽을 만치" 팼는데도 "입 꼭 다물고 버티면서 매를 버는" 소녀다. 오히려 때리는 어머니가 더 '썸뜩'해 했던 기억이다. "주인집 종 같"이 딸을 다루었던 어머니는 말할이인 어머니의 기억 속 외할머니다. 그 당찼던 소녀는 대를 이어 말할이 자신이기도 하다. 엄마의 기억은 딸의 기억 속에서 포개진다. 유독 어머니의 기억 가운데서 딸이 "모시옷과 쉐타에" 갇힌 까닭은 할머니 밑에서 겪었던 엄마의 처지나 자신의 현재 처지나 다를 바 없다는 동일시 탓이었을 것이다. 고통스러운 기억 안에서 엄마와 묶여 있다는 '왜곡'된 연대감은 말할이에게 남다른 안정감을 느끼게 했을지 모른다.

②는 지나간 날에 겪은 알 수 없을 폭력 탓에 강박적으로 되풀이하는 꿈을 담았다. "농협 네거리 마주 오던 손 발길질에" 소녀가 갇혔다. "함께 가던" 누구

도 도와주지 않았다. 폭력을 저지르는 손은 거듭 주먹을 날린다. 그들은 한 무리다. 말리는 척 같이 끼어들어 주먹을 더했다. 무슨 잘못을 했는지도 모르고 사과를 하라고 해서 사과를 하면 "사과는 받으라고 있는 거"라며 더 때린다. "가다 오고 가다가 돌아오고 살짝 우아하게 슬쩍 괜찮은 척" 매에 발길질을 더한다. 견딜 수 없어 몸부림치면 새벽이다. 되풀이하는 그런 강박에 갇혀 말할이는 깬다. 구자순 시에 담긴 고통 가운데서 어릴 적 외상을 녹인 자리다. 그런데 시의 제목을 「아버지」라 붙였다. 그렇듯 끝내 이해할 수 없을 폭력이 '아버지'와 무슨 관련이 있다는 뜻일까. 어릴 적 아버지로 대표되는 초자아의 붕괴나 상실을 뜻하는 상황이라는 뜻인가.

울다 걷다 눈물 끝난다
자는 아이 업고
한참 서 있었다
부러진 코 시려 아팠다

-(줄임)-
어디선가 만리향
시커멓게 끊어지는데

거슬러 오르면

신산 고향집

앞마당 가지치고 계실 아버지

유난한 병치레에 남들 두 배 공들었다

다 갚고 가라

말씀 내려

빗방울 나려

깨어 자지러지는, 별

-「성당 배수장」 가운데서

　「성당 배수장」은 말할이와 아버지 사이 관계를 중심으로 지난 시간의 기억을 되살린다. 폭력으로 맞아 "부러진 코"와 '눈물'로 아이를 업고 "울다 걷다" 성당 배수장 쪽에 이르렀다. 만리향 냄새 떠내려 오는 남강 물 따라 더 올라가면 '고향집'에 닿는다. 어릴 때부터 말할이에게 아버지가 해주셨던 '말씀'이 밤물결을 차고 튀어 나온다. "유난한 병치레에 남들 두 배 공들었다/다 갚고 가라"신 것이다. "유난한 병치레"는 말할이가 어릴 적부터 지녔던 외상이다. 말할이의 고통은 오랜 시간 축적되고 강화된 기억이다. 갚고 가라는 아버지 말씀은 현재의 고통이 빚 갚는 일과 같으니 참으라는 뜻으로 들린 셈이다.

> 잘한다 무조건 믿어주는 한 사람
> 비록 옆집 할메라도
> 던져졌을 때 다시 튀어 오르게 한다
>
> 둘러봐도
> 사랑해 줄 사람 없고
> -(줄임)-
> 모서리에 살짝 닿아도 쩡하고 뽀개지는 어항
> 똥창이 막혀 배가 터질 듯 빵빵한
> 금붕어
> 손끝 스치면 도르르 말리는
> 봉숭아 씨방
>
> ―「탄력 회복성」 가운데서

어릴 적부터 고통을 당연한 듯 받아들이라는 말로 학습된 아이다. 자신을 지지해 줄 자존감이 자라기 어렵다. 어디를 "둘러봐도/사랑해 줄 사람" 없는 현실 속에서 스스로 "모서리에 살짝 닿아도 쩡하고 뽀개지는 어항"과 같이 위태로운 마음을 지닌 채 살았다. 그 속에 "똥창이 막혀 배가 터질 듯 빵빵한/금붕어"는 다름 아니라 말할이 자신이다. 그러니 무자비한 타자의 폭력이나 바깥에서부터 오는 횡포에 '불쌍'하게 때기질을 겪고, 바닥을 뒹굴 수밖에 없었다. 다시 일어서게 만드는 용기나 "탄력 회복"은 불가능한 상태다. 감당하기 힘들었을 지난 외상들은 왜 나에게만 일어났을까? 그 대상이 왜 하필 나였을까? 원망과 분노를 가눌 길 없었을 일이다.

구자순 시가 껴안은 고통의 더깨는 일깨운다. 사람이 겪는 고통은 외적이든 내적이든, 그 뿌리가 깊이 박힌 상처와 근심에서 비롯한다는 사실. 자신도 지각할 수 없는 먼 과거의 의식/무의식으로부터 밀려온 바다. 그것은 고통을 겪는 나뿐 아니라 고통을 준 상대도 다르지 않을 터다. 사람은 어릴 적 비슷한 방식이나 형태로 상처를 입는다. 그렇다고 그것을 순순히 받아들일 수만은 없다. 그래서 노여워하고 슬퍼하고 울며 소리 지른다. 상처를 던지는 대신 자기 자신을 바깥으로 내던지는 일이다. 타자에게 나 대신 상처를 입히는 행위와 다를 바 없다.[10] 울분을 남에게 전가하다니. 비열한 짓은 아닐까. 그렇다고 상

---

10 시드니 시놈(이수용·이옥주 옮김), 『자신감을 찾는 비결』, 형설출판사, 1992, 63-65쪽.

처를 주는 타자에게 제발 날 사랑해 달라, 관심을 달
라 매달릴 수도 없다. 오랜 시간이 만들어 놓은 미움
과 불만이 화해와 해결의 실마리를 태워버린 까닭이
다. 주체가 할 수 있는 일은 자학과 그로부터 말미암
은 불안, 무기력일 따름이다. 그렇다면 참으로 고통
을 벗을 길은 없는 것일까?

①성당에서 시집올 때만 해도 뻘꾸디기 쇠상놈의
동네에서 왔다고 우찌 그런 혼인을 구경한다꼬 난리
였제 시집살이는 깊어가는데 -(줄임)- 늘그막에 그 얌
전하던 양반이 치마만 둘렀다 하모 따라다님서 좆이
꼴린다네 한번 만져보자 한번 안아보자 한번 대보자
빠구리 한번 치자 아이고 그런 말은 오데서 배아실꼬
남사시러버 -(줄임)- 온종일 닫힌 문 앞에서 빠꾸리빠
구리 와 그라꼬 와 눈앞에 마눌을 못 알아보고 오데서
홀린 사람멘치로 헤맬꼬 말이다 말은 글싸도 남사시
러븐 일을 할 사람은 아이라 올매나 점잔은 양반인데

들어선 눈빛 멍하고 영양제 쏟아 부어도 서지도 않
는 그 밤톨만 한 걸 갖고 보챌 때는 잘난 그거 하나 못
대주나 싶어져

-「좆이 꼴린다」 가운데서

②가고 석 달 열흘 꿈에 한번 안 나타나더마 무신 바람이 불었는지 잠에 찾아와서 입을 달삭달삭 뭐라 꼬 뭐라꼬 카다가 눈을 떴는데 얼굴이 안 편한 기 거 서도 심장 상할 일이 있는지 가시가 잠자리를 불편케 하는지 멧돼지가 뒹굴었는지 -(줄임)-

열여덟에 머리 얹고 일 년 묵혀서 시집에 들고 보이 산골째기 살림이나 물가 살림이나 우찌 그리 매한가 지로 춥던고 꼬박꼬박 졸면서 낳은 아가 열하나 뭐가 있어야 멕이제 모 심으모 물이 잡아가고 안 그라모 가 물어 배배 타고 아아들은 홍진 걸려 메가리 툭툭 떨어 지는데 에고 새끼 눈발 날리네 -(줄임)-

등 돌리고 자모 눈이 자연히 밖으로 향한다더마 누 운 한 발이 우찌 그리 멀던고 -(줄임)-

오떤 여편네가 시앗 곱게 보것는교 내 그래가 주둥 이 새빨간 그녁이 일하던 횟집에 가서 멱살 잡고 식칼 갖다 댔다 아인교 -(줄임)- 이노무 팔자 말썽이 워낙 험한께 바람 새는 싸릿대도 울이지 생각하고 맴을 싹 비아도 피멍은 안 가시더마

염병할 인사 거가 오데라꼬 달다 씁다 말 한마디 없 이 간단 말고 그래도 내한테 미안타 고맙다 한마디는 하고 가야제 이리 가는 기 오데 있노 인자는 다 텄다

이제 오데서 그 소리를 들어보것노 끝까지 내를 아이

고 눈이 온제 이리 덮었노

-「마른장마 백 날」 가운데서

①의 말할이는 백심증(白心症)에 얹힌 남편을 두었
다. 참으로 따습고 '얌전하던' 남편이 '늘그막에' "치
마만 둘렀다 하모 따라다님서" "빠구리 한번 치자"
하며 "홀린 사람"처럼 헤맨다. 기가 찰 노릇이다. ②
의 말할이는 사부곡을 읊는다. 이승을 뜬 지 백일 만
에 꿈에 나타난 남편을 되새긴다. 열여덟에 머리 얹
어 시댁에 들어서서 낳은 아이 열하나에서 다섯밖
에 건지지 못한 채 살아온 할머니다. 험한 시집살이
에 "바람 새는 싸릿대도 울이지 생각하고" 살려고
해도 가시지 않는 피멍 같은 삶이었다. 저승 남편과
해원은 될성부르지 않다. 바닥없이 흩날리는 여자
의 하소연은 그칠 줄 모를 눈발을 만나 마당 이저곳
을 떠돈다.

①이나 ②의 말할이는 한 마을에서 같은 강바람을
맞고 살았던 여자다. 끊임없을 듯한 요설로 다 담기
힘든 그미들의 사연과 긴 삶의 신산이 남강 물빛같
이 어둡게 휘몰아친다. 시인이 일깨우는 것은 고통
이 개별적이고 특정적으로 한 개인에게만 덮치는 일

이 아니라는 사실이다. 고통의 공감과 연대가 그것이다.

구자순 시에는 예부터 주체를 괴롭혔던, 끝없이 해결되지 않고 원인 귀속이 어려운 외상과 내상의 기억이 적지 않다. 망각 차원으로 가라앉지 않고 오랜 세월 회상을 빌려 강화하거나 재학습된 기억이다. 갈등하고 억압하면서 고통을 키운 결과다. 그들은 지나간 시간의 헛된 결심과 배신감, 혼인 생활의 허무함이나 기쁨 없는 삶과 같은 절망에 닿아 있다. 그것은 시인의 중심 정주지인 시골 마을과 도시, 어느 곳곳을 가더라도 볼 수 있고 만날 수 있을 경우다. 그미들은 어릴 적 내 어머니고 그 어머니의 어머니인 외할머니기도 하다. 아울러 자신의 시어머니다. 주체가 겪는 고통의 유래는 참으로 깊다. 그런 사실은 고통의 원인이 자신에게 있지 않다는 사실을 깨닫게 만든다. 왜 하필 나에게만 이러한 고통이 주어졌는가라는, 특정한 원인 귀속이 아니다. 일반적인 원인 귀속을 깨달은 것이다. 이제 구자순 시 주체는 어쩌면 고통 해결, 고통 극복을 내다볼 수 있을지 모른다.

4. 지향 목표로서 능동적 고통과 창조적 전회

구자순 시의 주체가 겪고 있는 고통은 앞서 지향 상태로 본 바와 같이 단기적으로 치유되거나 벗어날 수 있을 강도와 크기를 넘어선다. 그것은 유소녀기의 외상과 내상, 존중 받지 못한 가정 분위기, 혼인 뒤 겪게 된 갖가지 내외 혼인상의 갈등과 가족 불화, 거기다 집 안팎의 무거운 노동 환경이라는 지향 배경을 보여 준다. 그리고 안쪽의 보다 근원적인 조건은 농촌 대가족 현실 속의 위계 혼란, 집 안팎에서 주체가 머물 최소의 아늑한 중심 장소 상실, 생활세계 어느 곳에서도 수용되기 어려웠던 정체성 파괴, 어릴 적 상처의 끊임없는 기억 강박이라는 지향 상태를 구성한다. 자기 안팎, 둘레 환경과 끊임없이 위기와 파탄을 겪는 셈이다.

따라서 구자순 시의 주체는 의식/무의식에 닿아 있는 총체적이고도 지속적인 내적, 외적 고통의 엄습으로 분노와 슬픔, 자기 비하를 오가며 우울과 무기력을 버릇처럼 겪는다. 도피도 회피도 할 수 없을 고통이다. 해결책은 유기체의 끝인 죽음만이 남은 듯한 상태다. 다행스러운 점은 구자순 시의 주체에게 안팎으로 밀어닥치는 고통을 향한 규정 가능성이 남았다는 사실이다. 그들 가운데 통제 가능한 것과 불가능한 것을 잴 수 있다면 그에 따른 반응 강도와 고통의 크기가 달라질 수 있다. 만약 자신이 겪고 있는 고통의 결과가 자신의 반응과 상관없이 오로지 운명이나 우연과 같은, 바깥 요인 탓에 이루어진 것이라 믿는다면 풀어나갈 전망이 열린다. 곧 자신이 고통에 어떻게 반응하고 관여하는가, 곧 내적 통제를 이루는가 그렇지 못한가에 따라 고통 해결이 가능하기도 하고 불가능하기도 한 셈이다.[11] 그런 까닭에 구자순 시의 주체가 고통에 매몰되거나 고통의 재현, 재구성에 떨어지지 않고 성찰적 자의식을 드러내는 자리가 소중하다.

---

11 사람이 무기력에 이르고 그것을 거듭 학습하면 여러 손상이 따른다. 어떤 반응을 해 보았자 아무런 효과가 없을 것이라 예상한다. 더는 자발적으로 반응을 주도하지 않게 되는 것이다. 다음으로 인지적 손상이 따른다. 자신의 반응이 어떤 결과를 가져올 수 있을지를 알지 못하는 상태로 떨어진다. 우울증과 정서적 결핍이다. 사람은 자신이 무기력하다는 것을 알게 되었을 때, 왜 무기력하게 되었는가 하는 까닭을 내면적으로, 또는 바깥으로 묻게 된다. 그 원인을 어디에 귀속시키는가에 따라 손상이 일어나기도 하고, 일어나지 않기도 하는 까닭이다. 윤진, 「무기력에 관한 원인귀속 이론적 관점」, 『무기력의 심리』(마틴 셀릭만: 윤진·조긍호 옮김), 탐구당, 1983, 279-280쪽.

①우리라는 말이 입에 붙어서 나라 동네 집 남편이
우리고 아이가 다 우리다 몫없이 먹게 하려고 밥그릇
도 정하지 않았다 통닭 한 마리 놓고도 막내는 누나
둘이 다 먹는다고 징징댔다 먹는 것만 보면 그랬다 우
는 건 복 달아나는 일이지 밥상 밖으로 쫓아냈다 매를
들었다 그게 울 일이가 했었는데

밤에 일한다고
하루 한 끼밖에 못 챙겨 먹이던 아이들
어쩌다 먹게 된 통닭
입도 작고 손도 작은 게
얼마나 울 일인지

—「알지 못했다」 가운데서

②바지를 벗어야만 오줌을 누던 아이는
처음 간 학교에서
똥을 오줌을 참고 집까지 오는데
골목길에서 싸기도 했다
엄마는 일 나가고 없는데
학교에서 전화가 왔다
화장실 문 잠그고 울고 있다고
아무리 달래도 나오지 않는다고

동네까지도 못 갔나 봐

일터에서 쩔쩔 매다가

달려가던 그런 날

씻기고

괜찮다고 꼭 안아주지만

참 니나 내나 싶었다

　　　　　　　-「간혹 눈물이」 가운데서

　글쓴이가 위의 ①과 ②에 눈길이 가는 까닭은 육아의 어려움과 아픔이라는 재현적 진실이 아니다. 자신에게 주어진 바깥의 고통 요인에 대해 내적 통제를 어느 정도 보여 주는 말할이의 자세 탓이다. 그 점이 ①에서는 '우리'라는 막연한 공존의 공간에 아이들을 놓아두고 지내다 그들이 서로 다른 자리와 위계를 지닌 개별적 자아라는 사실을 깨닫는 목소리로 알 수 있다. "어쩌다 먹게 된" "통닭 한 마리"를 놓고 몫을 나누고 다투는 모습에 화가 치솟아 "밥상 밖으로" 아이들을 쫓고 매를 들었던 말할이다. '우리'라는 그림자에 갇혀 말할이는 한 아이 한 아이를 살피지 못했던 것이다. "입도 작고 손도 작은" 아이에게 자기 몫이라는 개념이 얼마나 소중한 것인지를 잊고 살았다. 자신이 겪는 고통에서 걸어 나와 아이들을 향한 객관화가 비로소 이루어지고 있다.

②는 바쁜 농사에 치여 돌볼 새가 없었던 자녀의 성장기다. "바지를 벗어야만 오줌을" 누는 버릇이 든 아들은 처음 간 학교에서 낯설어 하루는 똥을 지린 채 학교 "화장실 문 잠그고 울"었다. 전갈을 받은 말할이가 달려가 달래고 데려와 "씻기고/괜찮다고 꼭 안아" 주면서 든 생각은 한 가지다. "참 니나 내나 싫었다"는 공감이다. "일터에서 쩔쩔 매"는 말할이나 학교에서 순조로운 배뇨를 하지 못해 '쩔쩔' 매다 우는 아들 사이의 공통점을 뚜렷하게 인지한다.

세상 어머니 가운데서 제 몫을 다하며 사는 어머니는 얼마나 될 것인가. 말할이는 비로소 자기 자신을 비하하고 미워하면서 자신을 고통의 먹잇감으로 던지는 상태에서 벗어난 듯하다. 고통과 거리를 두고 바라볼 수 있게 된 셈이다. 이러한 고통의 객관화는 고통을 벗는 길은 아니다. 그렇더라도 자신을 옥죄는 고통이 적어도 자신 탓인지 아닌지는 판단하게 이끈다. 만약 그러한 고통이 자신 탓이라 여겨진다면 거기서 벗어날 길까지 찾을 가능성이 생긴다. 고통을 향한 인지적 차원의 숙고다. 분노나 슬픔에 몸을 맡기고 절망으로 떨어질 가능성을 줄이고 자기 정체성과 다시 통합할 수 있을 자리가 생긴다. 그런 상태를 시인은 「성당도가」에서 '살짝살짝' 고통의 '김을' 빼는 일이라 썼다.

바깥에서 주어진 외적 고통과 달리 정신적 고통은 바깥 상황이 주체에 바로 작용하는 것이 아니다. 주체가 그 상황을 특정하게 인식한 결과로 말미암는다. 앞에서 말한 바와 같이 상황에 대한 주체의 특정 인식이 주체로 하여금 고통을 느끼게 만든다. 따라서 자신의 고통이 놓은 조건을 안다는 사실은 고통 극복을 향한 큰 진전이다. 자기 문제를 객관화하고 대상화할 수 있어야 다음을 내다볼 수 있다. 이른바 고통의 의미화 과정[12]이다. 고통 해결의 가능성이 비로소 열리는 셈이다. 이러한 인식론적 전회는 자기방어적 기만에만 빠지지 않는다면 유효한 길일 수 있다.

①더 이상 니 말은 안 듣겠다 결심한 사람처럼 말말에 대놓고 거꾸로 하고 엇박자로 걷고 째려보고 곁을

---

12 임병식의 일컬음이다. 그이는 정신적 고통(불안)의 문제 해결(또는 감소)에 동원되는 도구로 자신의 문제를 객관화-대상화-거리화-주시-성찰을 두었다. 이러한 방법은 합리적 이해와 적합한 표현(상징화)에 있고, 그것이 바로 의미화의 과정이다. 임병식, 「고통의 의미화 연구」, 『철학 실천과 상담』 11권, 한국철학상담치료학회, 2021, 93쪽.

지키는 게 얼마나 힘이 들던지 아버님 술병 나서 어머님 평생 각방 접고 맨날 지청구에도 발치에 이불을 깔 때 나는 절대 안 그래야지 아무 걱정 말고 내만 믿어라 내가 다 낫게 해주께 뭐든 다 해 주고 싶더라 병원 문 나설 때 다리가 휘청거려 놀랐던지 병문안 족족 회복에는 개고기다 말말 때문인지 퇴원안내문 빨간 밑줄에도 혼자 창녕장에 가서 큰 솥 사 걸고 때마다 불 앞에서 헐떡헐떡 수술하고 한 달도 안 지났는데 덤핑도 생길 텐데 숨어 있는 암세포도 겁이 나는데 안 된다 하면 동리 친구 골방에서 먹고 마시고 피우고 잘 먹지도 않던 생 거까지 찾아가서 먹어 더 이상은 살고 싶지 않아 그러는가 미웠는데 어쩜 너도 그게 살 방법이라 아니면 무서워서 그랬을 수도 있겠다 싶다 내가 덜 미워했더라면 이렇게 두 손 놓고 당하지 않았을 텐데

　　　　　　　　　　　　　　　-「담쟁이덩굴」 가운데서

②허리가 밟혔다
뚝 분질리는 소리

내게도 뼈가 있었구나

7년 마구잡이 밟힘

버틸 수 있던 건

그들

어디를 밟아야 부러지는지

몰랐던 게지

-「엉겅퀴」

①에서 말할이는 죽을 병에 걸린 '너'를 두고 자신이 할 수 있을 최선을 다하겠다고 길게 타이르고 다독거린다. 그 '너'는 오랫동안 말할이에게 고통을 안겨 준 으뜸의 외부 환경이었다. 그런 '너'가 죽음을 앞둔 고통 앞에 내던져지자 말할이의 태도가 바뀐다. 치유와 보살핌에 정성을 다하고자 한다. 중요한 점은 엇박자로 나갔던 그 숱한 '너'의 밉고도 분노스러운 행위들을 두고 "어쩜 너도 그게 살 방법이라 아니면 무서워서 그랬을 수도 있겠다"는 타자 이해의 자리다. "내가 덜 미워했더라면 이렇게 두 손 놓고 당하지 않았을 텐데"라는 자책과 후회가 이 작품의 핵심은 아니다. 오히려 타자의 고통과 내 고통이 한 가지라는 동일시와 공감이 눈이다. 앞선 작품에서 볼 수 없었던, 주체의 고통에 대한 자기 객관화가 이루어진 상태다.

그 점은 ②에서 주체와 타자 사이 확연한 거리 인

식이 가능해진 모습이 보증한다. 자신의 부러짐과 밟힘이라는 행위로 드러나는 고통을 견딘 것은 다름 아니라 자신도 엉겅퀴와 같이 자기 속에 "뼈가 있"다는 확신이다. "7년 마구잡이 밟힘"이 어떤 상황을 뜻하는지는 드러나지 않는다. 다만 말할이에게 한결같이 커다란 고통을 안긴 기간이겠다. 그동안 말할이는 고통에 좌절만 한 것이 아니다. 구자순 시의 주체에게 그 밟히는 자리란 다름 아니라 '내 사랑'이다. 레비나스는 "아픔과 괴로움과 고통 속에서 우리는 고독의 비극을 형성하는 결정적 요소를 가장 순수한 모습으로 다시 보게 된다"고 썼다. 고통의 속살은 고통으로부터 벗어날 수 없는 불가능성 자체라 할 수 있다. 고통이 그토록 뼈아픈 것은 그것을 벗을 수 없는 까닭이다. 삶과 존재가 궁지에 휘몰리고 있다는 사실이 고통이다.[13] 그렇다 하더라도 그것은 자신의 의지와 관계없이 존재하는 죽음이라는 실존 상황에 견주어 보면 훨씬 삶답다. 죽음이 수동적이라면 사람이 겪는 고통을 전회시킬 자리가 생기는 까닭이다. 스스로 선택한 능동적인 고통이 그것이다.

---

13 엠마누엘 레비나스(강영안 옮김), 『시간과 타자』, 문예출판사, 1996, 75-76쪽.

주체와 맺고 있는 작용 방향으로 볼 때 고통은 두 가지로 나뉜다. 살면서 어쩔 수 없이 겪는 수동적 고통이 하나다. 벗을 수 있음에도 어떤 까닭에서건 스스로 선택하게 된 능동적 고통이 다른 하나다. 앞은 자기 의지와 무관하게 주어진 고통이다. 뒤는 자신의 의지에 따라 스스로 선택한 고통이다. 수동적인 고통은 누구나 벗어나길 바라는, 뜻 없는 경험일 수 있다. 하지만 뒤의 경우는 다르다. 누구나 벗어나고 싶은 고통을 스스로 받아들인다는 사실은, 고통 너머에 얻을 다른 값진 무엇이 있다는 사실을 뜻한다.[14] 어느새 구자순 시의 주체는 능동적 고통의 자리로 옮겨 간다.

네 속에 내가 없어
너 가는 거 편하겠다
전화할 사람 아닌데
병원이다
폐도 간도 식는다
잔소리는 하지 마라

---

14 박혜순, 「고통, 주체성 그리고 덕」, 『철학논집』 11집, 서강대학교 철학연구소, 2005, 142쪽.

듣고는 있는데 무슨 말인지
고작 그만큼 살 걸
가는 내내
몸 찢는 길인 줄 알았더라면
붙들어 말해볼 걸
네 세상이 높아
누구도 담길 수 없는 자리라
생각했다
터진 김밥을 말 때도
목 짤 줄 모르는 쉐타를 칠 때도
그림자로라도 좋았다
오리 새끼처럼
처음 본 사람이 너여서
네 눈을 통해 세상을 보고
가난을 말하기에
가난 옆에 살았다
네가 손을 내밀었다
마음이 쏟아져 들어갈까 봐
머뭇거렸다
너는 기다림을 알지 못했고
시작이 없던 내 기다림은
끝이 없었다

어깨를 쳐내고 다른 길로 갔다

숨 쉴 수가 없던 밤엔

너를 꾸었다

세월 지나

세상 쓰임 끝나면

밥해주고 살아야지

살아가면서

나도 늙을 텐데

귀찮아질 텐데

어디서 만나야 하나

내 속에 네가 있으니

네게 가야지

넌 오지 마라 하겠지

-「데미안」

　「데미안」은 구자순의 첫 시집을 온축한 작품이다.
하나하나 떨어졌던 고통의 무늬와 어룽이 압축된 것
만을 두고 한 말이 아니다. 해결의 목소리까지 담았
다. 어찌 보면 구자순이 좇았던 고통의 처음이자 끝
자리 풍모를 암시한다. 첫자리라는 뜻은 구자순이
그려 담은 고통에 가장 큰 빌미를 주었던 '너'와 인
연을 다루고 있다는 뜻에서 그렇다. 그 '너'는 구자순 시적 주체의 첫사랑이며 야속한 남편이며 그미를 울게 만들고 가슴 치게 만들었던 원흉이기도 한 '그'일 뿐 아니라, 궁극에는 자기 자신으로 향한다. 고통의 끝자리라는 뜻은 그와 마지막 죽음을 주제로 삼았다는 뜻에서 그렇다. 구자순 시에서 가장 격렬한 연애 (戀詩)면서 상부곡(喪夫曲)이 「데미안」이다.

작품은 '너'로 향했던 마음의 골목골목을 긴 한 토막 꼴에 얹어 읊조린다. 그런데 안쪽을 들여다보면 다시 네 매듭으로 나뉜다. 첫 매듭은 처음부터 열한째 줄, "붙들어 말해 볼 걸"까지다. '너'의 병환 소식을 듣고 너를 이승에서 저승으로 보내는 데까지 과정을 녹였다. '너'와 '나' 사이 관계를 알려주는 지표가 여럿 드러난다. '나'를 중심으로 살피면 셋이다. 네 속에 내가 없다. 전화를 잘 하지 않는다. 내 말을 무시하고 듣지 않는다. 이를 빌려 알 수 있는 사실은 너로 말미암아 내가 겪었을 외로움과 소통 부재의 아픔이다. 그렇게 살다 너는 마침내 살을 찢기는 일을 겪으며 저승으로 건너갔다.

두 번째 매듭은 "네 세상이 높아"에서부터 "가난 옆에 살았다"까지다. '너'와 함께했던 '나'에 대한 자의식을 담았다. 네 가지 인식이 드러난다. 첫째, '너'는 나 아니라 누구도 담기 어려운 사람이라 여겼다.

둘째, 그래도 곁에서 그림자처럼 살아도 만족하리라 믿었다. 셋째, '너'는 내가 처음으로 깊이 마음 둔 사람이다. 넷째, 가난에 순응하며 살기로 했다. 여기서 드러나는 '나'의 자세는 "네 눈을 통해 세상을 보고"라는 한 마디가 줄여준다. 들어설 자리가 보이지 않는 너지만 너를 향한 내 사랑은 모든 것을 넘어설 것이라 여겼다는 뜻이다

셋째 매듭은 "네가 손을 내밀었다"에서부터 "어깨를 쳐내고 다른 길로 갔다"까지다. 둘 사이 갈등상을 말해준다. 너의, 나를 향한 지원 요청을 나는 제대로 돌보지 못했다. 서로에게 충분치 않았고 훈련되지 않아 엇갈림만 이어졌다. 서로 "다른 길"로 엇나갈 수밖에 없었던 악순환은 필연적이었다.

넷째 매듭은 "숨 쉴 수가 없던 밤"에서부터 "어디서 만나야 하나"까지다. 앞날을 향한 두 사람 관계에 대한 예상이다. 그럼에도 그것은 마침내 "세상 쓰임" 끝날 때까지 끝내 화해하듯 '너'에게 헌신하겠다는 '나'를 확인하는 일로 맺는다. "내 속에 네가 있"다는 한결같은 마음이 그것이다. 너는 버릇처럼 다시 "오지 마라" 할 것이다. 그래도 그런 말은 말뿐이라는 사실을 이제는 이미 알게 된 나다. '너'를 향한 한결같은 내 지향은 달라질 일이 없다. '너'가 죽은 뒤에도

마찬가지일 일이다.

「데미안」은 굽이굽이 고통스러운 사랑의 처음과 끝을 유장한 혼잣소리로 들려주는 작품이다. 너와 나 사이 엇갈림과 갈등, 그럼에도 끝까지 달라지지 않을 나의 단심이 자연스레 물 흐름을 타는 듯한 숨결에 얹혔다. 그만큼 절실한 심회라는 뜻이다. 흥미로운 점은 다시 두 가지다. 다른 작품들에서 작품 안쪽을 압도했던 고통스러운 정황을 녹였다는 사실이다. 절망도 노여움도, 자학과 무기력과 같은 정서도 보이지 않는다. 자신의 고통을 멀찍이 바라볼 수 있게 된 주체의 모습이다. 다른 하나는 마지막 죽음에 이른, 너를 향한 내 한결같은 순정의 궤적을 두고 시인은 제목을 「데미안」이라 붙였다는 사실이다. 대중적으로 오랜 세월 많은 이들에게 감동을 준 성장 소설, 교양 이야기가 데미안이다. 죽음에 맞닥뜨려야만 그칠 것 같은 고통을 안겨준 삶의 갖가지 행로가 성장을 위해 필요했던 과정이었음을 뜻하는 표현이다. 바야흐로 고통을 넘어선 사랑의 의연한 역설이다. 따라서 「데미안」에서는 아픈 정황의 속살만 아니라 억척스러우면서도 결 고운 순애보가 아름답게 메아리친다. 고통이 고통으로 머물지 않고 창조적 고통일 수 있다는 사실을 증명한, 뛰어난 시가 「데미

211

안」이다.

>   짓밟으면
>   소리 없이 무너지지만
>   으깨져도
>   후드득 마침내 눈물 쏟게 하고야 만다
>
>   새끼를 키우기 위해
>   대가리를 땅에 처박기만 할까
>   매서운 살림
>   시퍼렇게 언 다리로 뛴다
>
>   사랑이라고 지켜야 할 인연이라고
>   감고 오르는 덩굴손
>
> -「양파」가운데서

「데미안」이 사랑의 고통을 한결같은 사랑으로 되품는 아름다운 역설을 실천하고 있다면, 「양파」는 앞으로 나아갈 주체의 자기 다짐을 담은 작품이라 뜻 깊다. 껍질이 까질수록 눈물을 쏟게 만드는 양파, "소리 없이 무너지"는 듯한 그것, "대가리를 땅에" 쳐박으면서도 '매서운' 세상을 살아내는 양파의 생리를 자신과 굳게 묶었다. "사랑이라고 지켜야 할 인연이라고" 자신을 둘러싼 갖가지 환경은 아마 다른 고통으로 되돌아 올 것이다. 그럼에도 시인은 '대가리'로 땅을 걸을지라도 멈추지 않으리라 다짐한다. 이제 고통은 양파의 맛과 같이 맵고도 달다. 고통이 더 이상 고통으로 머물지 않는, 비극적 황홀이다. 읽은이들은 능동적 고통이라는 참뜻을 온몸으로 살기로 한 주체를 만나게 되는 셈이다.

「데미안」과 「양파」는 구자순이 되풀이 좇아간 고통 현상이 창조적 고통으로 전회하는 모습을 담고 있다. 능동적 고통의 수락과 실천이 그것이다. 차이가 있다면 「데미안」이 그 일을 요설로 밟았으나 「양파」는 눌언을 선택했다는 점일 뿐이다.

성냥팔이 소녀 한 개피 사랑 쬐고 호리병 도깨비 아무나 내 좀 꺼내주라 하다가 내 꺼내기만 해봐라 하고 선녀 날개옷 셋 낳고 주라는데 그 셋이 숫자인지 무게인지 고개 갸우뚱 아프고 아이들 머리에 잠 내리면 국그릇에 몰래 따라놨던 소주 홀짝

-「고아볼까」 가운데서

구자순 시인의 고통 주체는 한때는 "성냥팔이 소

녀"처럼 가여웠다가 "호리병 속 도깨비"였다. "아무나 내 좀 꺼내주라 하다가 내 꺼내기만 해봐라" 발버둥쳤다. 기원 간구와 저주 복수가 아울러 존재하는 모순 덩어리였다. 이제 그미는 스스로 자신이 성냥팔이 소녀와 같은 존재도 아니고, 호리병 속 도깨비도 아니라는 사실을 잘 안다. 무엇보다 호리병 속 도깨비를 풀어주는 일은 자기뿐 아니라 타자의 파괴까지 뜻하는 일이다.[15] 자신이 고통 앞에서 불안정하고 공포에 휩싸여 떨거나 비난과 비판을 폭발시킨다고 해서 고통이 사라지는 것은 아니다. 게다가 그러한 절규가 원하는 만큼 타자에게 전달되지도 않는다. 거듭하거니와 누가 화가 차올라 자신을 찢어놓거나 분노의 칼을 휘둘러 타자에게 또 다른 두려움과 고통을 주려는 사람에게 도움을 베풀 것인가.

구자순 시의 말할이는 우리 시대 여자 주체가 겪어온 고통을 분노나 공포, 우울과 같은 통제 상실이나 복종 현실로 내맡기지 않았다. 그것을 자각하고 성찰하며 객관화할 뿐 아니라 그 고통을 능동적 고통으로 변화시키며 시라는 어려운 창조적 결실로

---

15 R. Ornstein(이봉건 옮김), 『의식심리학』, 성원사, 1992, 167쪽.

올려 세웠다. 글쓴이는 적지 않은 세월 구자순 시를 지켜보면서 시인이 감당하고자 한 고통의 주제를 어떻게 감싸 안을지 궁금했다. 그런 일이 가능할지도 알 수 없었다. 그러나 오늘에 이르러 한 가지 사실은 확연하다. 시인은 우리를 절망으로 한없이 밀어 넣던 그 모든 고통의 원인과 동기들을 용서하고 화해하는 주체를 우리에게 선물했다는 사실이다. 이르기 어렵더라도 화해와 용서야말로 유한한 사람살이에서 할 수 있을 가장 사람다운 지향 목표가 아니던가.

　구자순 시인은 「데미안」과 「양파」를 빌려 읽는이들에게 그 점을 확인시킨다. 이 두 편은 우리시에서 고통이 얼마나 아름다운 지향 목표에 닿을 수 있는가를 일깨워 주는 드문 본보기다. 어쨌든 과거는 지나갔다. 남은 것은 오늘과 앞날이다. 오늘 또한 금방 미래의 과거로 흘러간다. 과거는 버릇처럼 사람을 그대로 남아 있게 하기 쉬우나 달라지게 할 수는 없다. 구자순 시인은 고통에 들린 사람이라 할 만한 서정 주체를 빌려 그러한 어려운 변화를 몸소 이루었다. 고통 받는 사람이 이른 능동적 고통과 시인으로서 이룬 창조적 고통이 하나로 우뚝 솟구쳐 올린 시집 『내 사랑은 그래』는 어느 모로 보나 소중한 성과다.

5. 고통. 환한 더께꽃

사람은 상징적인 존재다. 지닌 생각이나 느낌을 주
받기 위해 상징 형식인 말글을 빌려 산다. 그 사람이
쓰는 상징 형식으로 그이의 사람됨을 짐작할 수 있
다. 고통은 삶과 더불어 시작하고 죽음과 더불어 잠
든다. 고통이란 어차피 겪을 수밖에 없다. 하지만 고
통을 고통스럽게 느끼고 안 느끼고는 그가 지닌 삶
의 지향 목표에 따라 달라진다.[16]

글쓴이가 빅터 프랭클의 '의미치료'를 읽었던 때는
먼 옛날이다. 1980년대 초반. 구자순 시의 고통을 따
라 읽으면서 새삼스럽게 그 무렵을 떠올렸다. 아우
슈비츠에서 살아나온 정신분석학자. 그이는 고통이
부정적인 회피의 대상이 아니라 삶의 의미를 채워주
는 기회이자, 사람이 실존으로 존재해야 함을 도와
주는 전언이라 말했다.[17]

---

16 박혜순, 앞에서 든 글, 173쪽.

17 신경희·강기수, 「빅터 프랭클의 삶의 의미론에서의 고통의 의미
와 교육적 서사」, 『교육사상연구』 제34권 제3호, 한국교육사상

구자순 시는 실존적 주체로서 있는 그대로 존재의 고통을 여러 눈길로 담는다. 고향 도시 진주와 시집 살이 곳인 의령의 시골을 중심 영역으로 오가며 고된 노동과 한 여자로서 겪는 내면적 고통, 전반적인 농촌 환경과 특정적인 가정 환경에서 비롯한 것들이 한꺼번에 뭉쳐 흘러 외적, 내적으로 총체적이다. 우리의 근대 이행 방식이 전근대 시골에서 근대 도시로 나서는, 한결같은 출향 구조를 보인 흐름과는 다르다. 그러한 총체적인 지향 배경 위에서 구자순의 여자 주체는 일방적인 종속 위계와 아늑한 중심 장소의 상실, 정체성 위기와 지나간 시간의 강박에 시달리는 지향 상태를 보여 준다. 강도와 밀도 드높은 고통 현실을 재현하고 재구성하는 데 적지 않은 시일을 바친 셈이다.

그런 끝에 구자순 시의 주체가 이른 곳은 수동적인 고통을 넘어서서 화해와 화평을 향한 능동적 고통이라는 지평 전환이다. 고통이 고통 받는 주체인 '나'를 더 나은 사람으로 변화시킨다면 그 고통에는 뜻이 크다는 프랭클의 말을 새삼스럽게 되새기게 만드

학회, 2020, 71쪽.

는[18] 지향 목표다. 시인은 고통 탓에 더 번민하고 싶지 않아 고통에 대해 쓰는 것이 아니다. 고통을 더 나은 고통으로 완성하기 위해 글을 쓴다. 그러한 역설을 누구보다 몸으로 보여 준 구자순 시인의 아름다운 창작 행로가 거기서부터 환하다.

의령 출신 근대 시인은 많지 않다. 우리 시문학사 너머에서 반딧불처럼 희미하게 깜빡이다 어두운 남강 물살과 더불어 떠내려갔다. 그런 바탕과 줄거리 위로 비로소 두 시인을 얻었다. 김영화, 구자순이다. 김영화는 태생이 의령이고, 구자순은 시집살이로 터 잡은 의령 사람이다. 지역의 문학 실천이라 믿고 스스로 자위하며 글쓴이는 일터의 시창작반 강좌를 오래 이었다. 이제 의령 지역만큼은 두 시인의 꽃밭이 둥두렷하다. 글쓴이가 2001년 가을, 40대 후반부터 시작했던 지역 시민 상대 시창작반 교실이 실패가 아니었음을 보증하는 한 터무니다.

언젠가 글쓴이는 구자순 시의 중심 정주지인 의령군 지정면 남강 물가 성당 마을을 둘러볼 수 있을 것이다. 거기서 개인과 집단, 예와 오늘을 묶어 흘러내리는 압도적인 고통의 물나울 소리를 다시 들으며,

---

18   B. Fabry(고병학 옮김), 앞에서 든 책, 100쪽.

구자순 시의 뜻을 새삼스럽게 되새길 수 있으리라.

구자순이 좇았던 고통의 현상학은 개인의 것에 머물지 않는다. 그미 시는 1980년대 한때 큰 줄기를 이루었던 지식인 농민시가 닿지 못한 재현적 진실로 오롯한, 새로운 농촌시다. 굳어진 남성성 아래서 짓눌린 여자 주체의 고통 개방을 향한 꾸밈없는 증언시다. 우리 시대 많은 어머니와 더 많은 누이를 위한 치료시다. 개인의 고통을 집단적 문학으로 올려 세운 구자순 시인의 창조적 고통은 두고두고 독자사회로 메아리칠 것이다.

"내 사랑은 이래. 그렇다면 너희 사랑은 어때?"